처음 만나고 사랑을 맺은 정다운 거리 마음의 거리
아름다운 서울에서 살으렵니다
봄이 또 오고 여름이 가고 낙엽은 지고 눈보라 쳐도
변함없는 내 사랑아 내 곁을 떠나지 마오

-패티김의 노래 '서울의 찬가' 가사 일부

seestarbooks 026

서울특별詩 3

홍찬선 제15시집

스타북스

서울시는 삶입니다.
서울특별시는 인생입니다.
서울특별詩는 사랑입니다.

충남 아산 음봉 촌놈이 서울에 둥지를 튼 지 42년이 됩니다.
서울은 청운을 꿈을 키운 20대부터 한돌(환갑還甲)을 지낼 때까지
배우자를 만나고 두 딸과 두 아들을 낳아 키우며
기자에서 시인으로 살아온 삶과 사랑의 터입니다.

그렇게 오랜 세월 동안
그렇게 많은 일을 겪으며
그렇게 다양한 인연을 만들어 온
서울은 뜻밖에도 우리와 가깝지 않았습니다.

잘 알지 못하는 서울을 찾아나섰습니다.
삶과 역사가 깃들어 있는 서울 곳곳을 다니며
서울특별詩를 쓴 지도 4년째가 됩니다.
그렇게 쓴 서울특별詩를 세 번째 시집으로 엮었습니다.

그동안 쓴 서울특별詩가 300편이 넘습니다.
서울의 삶과 역사가 그렇게 많다는 데 놀랐고,
아직도 소개해야 할 사연이 많이 남아 있다는 데
더 놀랐습니다.

독자 여러분들과 함께 서울특별詩 탐방을 나누고
독자 여러분들과 함께 서울특별詩 찾기를 계속 하겠습니다.
많은 사랑을 부탁드립니다.
감사합니다.

검은토끼해 봄과 여름 사이에
한티 우거에서
德山 홍찬선

contents

제1부, 나는 오늘도 청와대 간다

제2부, 서울역의 꿈

제3부, 광화문광장 다시 열리다

제4부, 윤동주 시공원

세 번째 서울특별詩를 엮으며

서울은 시판詩板입니다
길마다, 골목마다 시가 널려 있습니다

머리 없는 아름다움은 아무것도 아니라고
인생은 가시 있는 장미의 나무라고
예술은 그 나무에 피는 꽃이라고 알려줍니다

'참손길'에서 뭉친 어깨를 풀고
'사랑이 뭐길래'에서 한 잔 술로
'사라있네'를 확인하며

'수색바라기'에서 꽃으로 서서
'맛있구마' 군고구마를 호호 불고
'치사떡'에서 치킨을 사랑한 떡볶이를

'고양이네'에서 생선구이를
'어수선漁水鮮'에서 생선회를
'이태리伊泰利'에서 부대찌개를

그대 오는 날,

이태원 참사 현장에는

좋은 곳에 가서 못다 한 꿈 이루세요,

'사랑합니다'로 먹먹함을 드러냅니다

행복은 '고기'에서 고기라고

병은 반드시 근본을 고쳐야 한다고

너 '오늘 좀 예뻐 반짝반짝 빛이 난다'고

서울詩가 알려줍니다

코로나에도, 미세먼지에도 어깨 펴라고 속삭입니다

제1부

나는 오늘도 청와대 간다

청와대, 국민의 품으로 돌아오다

청와대는 역사가 된 게 아니다
청와대는 한 시대를 매듭짓고
새로운 미래로 나아가는
첫 오늘의 단추를 잘 꿰어
국민의 품으로 살아 돌아온 것이다

수많은 아픔이 있었다
용의 목을 누른 조선총독관저로
자유민주통일국가를 늦춘 미군정사령관저로
나 아니면 안 된다며 대한의 주인을 탄압했던
선거독재 유신독재 군사독재 선동독재로

국민들의 따뜻한 숨소리를
국민들의 생생한 목소리를
국민들의 팍팍한 민생고를
국민들의 기쁨과 슬픔들을
함께 나누지 못했던 구중궁궐의 불통!

그런 불통의 부조리를 깨고
그런 불통의 아픔들을 보듬고

그런 불통을 되새기는 역사로 만들어
뚫고 나누어 펼치는 데는
새로운 바람의 결단이 필요했다

좋은 일에는 늘 혹처럼 따라붙는
논란과 논쟁과 발목잡기를 이겨내는 건
앞날을 보는 눈과 올바른 판단과
흔들림 없이 실천하는 뚝심,
무능과 편견과 아집과는 달랐다

종이 한 장의 차이가
빼앗긴 청와대에 봄을 가져왔다
숨겨진 백악산을 우리 품으로 돌려주었다
아픔에 숨죽이던 역사를 다시 바로 세우고
희망찬 한류대한을 온 세계로 뻗게 했다

청와대가 새롭게 태어났다
권력욕을 경계하는 참 된 배움터로
콘크리트에 지친 시민들의 휴식처로
연인들과 어르신들의 사랑방으로

외국인들이 즐겨 찾는 서울의 명소로

4355년 5월 10일은 대한의 역사가 바로 선 날
2022년 5월 10일은 대한인이 기지개 활짝 편 날
국민이 주인임을 확실히 하고
국민의 것을 국민에게 돌려주어
사랑과 웃음과 행복을 담뿍 즐긴 날

나는 오늘도 청와대 간다

꿈꾸지 않았다
내 살아서 올 수 있다고
마음먹지도 않았다
내 반드시 여기 오겠다고
용쓰지도 않았다

가슴으로 백악마루에 올라
내려 보는 것만으로도 좋았다
124군 김신조 때문에 꽉 막혔던 길
며칠 전에 예약하고, 신분증 맡기고서야
겨우 눈치 보며 오갔던 길

딱 한 번 위민관에 가 본 것으로
너와의 인연은 끝난 것으로 여겼는데
미래는 알 수 없는 것
포기는 배추 셀 때만 필요한 것
나는 오늘도 청와대에 간다

청와대 대통령 집무실

정승 집 개가 죽으면 북적대고
정승이 죽으면 썰렁하다는
속담은 이제 바뀌어야 할까…

세 들어 살던 사람이 떠나고
주인이 그들의 흔적을 더듬자
선망이 초라로 바뀌었다

겉만 보고 얼 빼앗겨
속을 알려고 하지 않는
가벼움이 만들어 낸 집단 무감각증!

머슴이 주인 머리 위에서 떵떵 대도
주인은 가슴 조아리며 굽실거리는 비상식을
텅 빈 청와대 대통령 집무실이 증거하고 있었다

영부인 초상화

물에 스며드는 헐뜯음과

가슴 저미는 하소연을

멀리하는 것이 밝음이다

영부인은 벼슬이 아니고

베갯밑에서 침윤지참와 부수지소로*

대통령을 어둠에 빠지지 않게

가장 가까이서 돕는 사람,

열 한 명의 영부인은

벼슬을 했을까

보이지 않는 조언자가 됐을까

청와대 본관 1층

영부인 접견실에 걸려 있는 초상화가

우리의 판단을 밝게 해주고 있다

*자장子張이 밝음(明명)에 대해 묻자, 공자는
침윤지참浸潤之譖과 부수지소膚受之愬를 행하지 않는 것이
밝음이라고 했다. 『논어』〈안연〉편.

칠백 살 주목의 말씀

칠백칠십 네 살 잡수신
왕 왕 왕 할아버지께서 하시는 말씀이
들린다, 마음 내려놓으니

하늘 아래서 가장 복된 땅은
니들이 결정하는 게 아니라
자연의 이치가 만든다는 가르침이
보인다, 가슴을 기울이니

쿠데타가 성공했다며
거들먹거리던 태조 세조 인조와
대한제국을 강탈했던 조선총독의
좋지 않았던 말로가
다가온다, 귓속으로

높은 곳이 낮게 되고
죽은 사람이 되살아나며
옳음이 늘 삿됨을 이긴다는 게
펼쳐진다, 눈앞에

길 잃으면 노마老馬 고삐를 풀라는
왕 왕 왕 할아버지의 파란 눈썹이
흩날린다, 오월의 바람 타고

미남불의 꿈

석굴암 본존불과 거의 비슷한
부처님의 미소가 한결 부드러워졌다

원래 있어야 할 경주에서
일제에 강제이주당한 노여움을
제대로 나타낼 수도 없는데

자격 없는 놈들이
두 손 거만하게 잡고
거짓 미소를 띤 채
복 달라고 보채는 것을 보고도

미소를 감출 수 없는
운명을 어쩔 수 없어
거짓 미소를 되돌려 주었는데

이제 고향으로 돌아갈 수 있다는 희망에
미소에 미소를 더해 참된 미소를 보내고 있다

녹지원 반송(盤松)

오래 사는 건 좋은 일이다
여든세 살 할머니가 성큼성큼
미남불(佛) 계단을 내려와
녹지원으로 향하며 말씀하신다
젊을 때 열심히 다니라고

주인은 따로 있었다
멋진 잔디밭에 누워 파란 하늘 올려보렸더니
사람은 들어갈 수 없는데
잔디 깎는 로봇이 거침없이 오간다
금인(禁人)의 땅은 여전히 금인이라고 비웃듯

사백 살 반송도 아파하고 있었다
할아버지의 할아버지들이
청운의 뜻을 펼치려고 과거 보던 이곳을
조선 총독이 무단으로 점령한 뒤
자기들만 독점하던 그 파렴치를

만세동방 약수터

바위가 숨 쉬는 것처럼
바위가 땀 흘리는 듯이

바위틈에서 살그머니 솟은 물이
바위를 타고 졸 졸 졸 흘러내려
두 손 모아 기도하려는 듯
바위 옹달샘에 찬찬히 고여

새벽엔 새와 토끼에게
낮에는 바람과 사람에게
밤에는 범과 선녀에게
사랑을 나누다

쉰넷 해 동안이나
사람 발길 그리워하다
궁금증 풀어주려 다시
살짝 모습 드러낸 그대

만세동방萬世東方 성수남극聖壽南極이여
대한민국 살리는 생명수여

법흥사 터에서

내 자리가 아니면
앉지 말아라

있다고 덥석 앉으면
구설수 사니

역사는 유리 같다
살살 다뤄라

하늘 땅 너와 내가
알고 있으니

소리 없는 독경에
귀 기울여라

국민을 향해 총을 쏘았다
-4.19 최초 발포 현장

그곳을 아시나요?
민중의 지팡이인 경찰이
권력의 앞잡이가 되어
첫 방아쇠를 당긴 곳
무고한 시민 100명이 쓰러졌던 곳

그곳을 그냥 스쳐 지나지 않으셨나요?
1960년 4월19일 오후 1시40분경
3.15부정선거와 김주열 마산상고 합격자의 피살과
4.18 고대생 집단구타 사건의 책임을 따지러 달려온
시민들이 경찰이 쏜 총에 맞아 죽고 다친 곳

그곳을 꼭 찾아보세요
문 열린 청와대를 먼저 봐야 한다며
안으로만, 오로지 안으로만 달려가지 말고
분수대 앞, 바닥에 코딱지만 하게 붙어있는
4.19 최초발포현장 동판이 확 커질 때까지

그곳에서 만나 보세요
그날, 자유와 민주를 위해 목숨 바친
어린이 학생 시민들의 얼과 넋을
잠깐 멈춰 자기들 바라보도록
간절히 원하는 그들의 눈동자를

궁정동 수수께끼

청와대 서쪽 무궁화동산에서
잊어선 안 될 역사의 현장을 찾아보세요

1979년 10월 26일 밤 7시 50분경
박정희 대통령이 김재규 중앙정보부장에게
시해당한 바로 그 장소 말이에요

역사의 현장, 궁정동 안가를 모두 헐어
역사를 지우려 했지만
뜻 있는 사람이 사인을 남겼지요

송강정과 김상헌 집터 표지석 사이
담장 끝나는 곳, 소나무 아래
큰 돌들이 모여 있는 곳

맘 밝은 사람은 금세 찾을 거예요
찾으셨지요?

121 소나무

121 소나무야!
너는, 그날을 잊지 않게 증거하려고
총 맞은 고통, 제대로 크지 못하는 아픔
감내하며 총알 15발을 고스란히 품었구나

121 소나무야!, 너는
1968년 1월 21일 밤, 청운동 89-12
칠궁 바로 앞에서 124군을 죽음으로 막아낸
최규식 경무관과 정종수 경사를 기억하라고

무고한 고등학생을 포함한 민간인 7명과 군경 25명 등
32명이 죽고 52명이 부상당한 것을 잊지 말라고
공비 28명이 사살되고 김신조는 생포됐으며
박재경 등 2명이 북한으로 돌아갔음을 똑바로 알라고

백악마루 아래 한양도성 길에서
총알자국 하얗게 드러낸 채로
쉰넷 해 동안 응어리를 키우느라
빼빼 말랐구나, 121 소나무야!

지공도사의 자존심

도사가 많아지면서
붉은 글씨도 부풀어 올랐다

오랜 세월 갖은 풍파 거치면서
이 세상에 공짜는 없다는 걸
뼈저리게 깨달았으면서도

군부독재를 청산해야 한다고
잠꼬대까지 해대면서도

전두환 때 만들어졌다는 걸
애써 기억에서 지우고
지공도사에 자존심을 팔아넘긴다

일흔두 살은 넘어야 노인이라고
몸과 마음은 청춘이라고 삿대질하면서도

공짜 앞에선 눈을 슬그머니 내린다
내가 하면 임기응변이고 남이 하면 도둑인
내임남도에, 서민들 허리가 더욱 더 꼬부라진다

제2부

／서울역의 꿈

서울역의 꿈

서울역 광장은 늘 외롭다
수많은 사람들이 오고 가지만
사람들 향기를 맡은 지 오래고
고개를 떨군 채 두더지로 사는
뜨거운 심장을 느끼지 못해

서울역 광장은 늘 아프다
강우규 의사가 사이토 총독을 죽이지 못한 것이
창신동 돌을 강제로 캐내 지은 서울역 피눈물이
육사가 북경으로 압송당해 돌아오지 못한 것이
서울의 봄바람이 군부 총칼에 질식사당한 것이

서울역 광장은 늘 답답하다
사람들이 내가 하는 말 알아듣지 못한다고
내가 사람들의 아픈 사연을 알지 못하는 게 아닌데
그들이 지난여름에 한 짓을 다 알고 있는데
아무리 알려주어도 알아듣지 못하는 닫힌 마음이

서울역 광장이 새 꿈을 꾼다
여기서 떠난 기차가 평양 원산을 지나
중국 러시아를 거쳐 유럽에 다다를 날을
여기에 모인 사람들이 미움을 걷어내고
사랑으로 포용으로 함께 잘 사는 그 날을

서소문아파트

서소문아파트를 아시나요?
안산과 인왕산에서 솟아 용산을 거쳐
한강으로 흘러드는 넝쿨내, 만초천을 덮고
그 위에 지은 지천명의 아파트 말이에요

1972년, 건축되었을 때는 최고급 주상아파트라서
방송인들과 유명 연예인들이 애용했던 곳인데
경찰청의 권력과 NH농협생명의 금력 사이에 끼어
고급도 시간의 공격에 초라해지고 있네요

땅이 아니라 하천 위에 지은 아파트라서
대지 지분이 없어, 토지세 대신 하천 점용료를 내고
1동부터 9동까지 115m 건물이 하나로 이어진
7층짜리에, 4층과 엘리베이터가 없는 게 특징이지요

2008년엔 전도연과 하정우가 주연한 영화
'멋진 하루'에 등장해 눈길을 끌었는데요,
곧 저 세상으로 보낼 운명의 수레바퀴가 돌고 있으니
1층 상가 오래된 맛집에서 추억을 만들어 보세요

서대문형무소에 가려면

서대문형무소에 가려면
밥 많이 먹고 물 듬뿍 마셔야 한다
끊임없이 끓어오르는 분노를 지탱하고
고문실마다 솟구치는 눈물샘을 적시기 위해

서대문형무소에선 크게 열어야 한다
공간에 가득한 그분들의 한을 보고
시간을 그득 채운 그분들의 가르침을 들으며
심금 울리는 그분들의 사자후를 느끼기 위해

서대문형무소에선 반드시 봐야 한다
항일독립투사들이 광복을 보지 못한 한 쏟아부었던
통곡의 미루나무가 천명을 다하고 쓰러진 자리에
그 자녀가 무럭무럭 자라고 있는 모습을

서대문형무소를 온몸으로 느낀 뒤엔
대한민국임시정부기념관으로 가야 한다
1919년부터 1945년까지 상해에서 중경까지 옮겨 다니며
마침내 독립을 쟁취하고 환국한 그 발자취 돌아보기 위해

헌법재판소 백송白松이 말하기를

백송이 사람보다 나았다

명明에 사신으로 갈 정도로 잘 나갔던
고관은 흔적도 없이 세월의 희생이 되었고
피가 시내처럼 흘러 재를 뿌려야 했던
계유정난의 아픔도 재동이란 이름으로만 남았는데

박규수 홍영식 이상재로 피었다 지고
최초의 서양식 병원, 제중원이 자리했다가
경기여고와 창덕여고마저 떠나고
헌법재판소가 둥지를 튼 지 삼십 년

사람이 한 어처구니없는 일을
백송이 새하얗게 응시하고 있는데
법복에 숨은 비양심 비인非人들은
국민과 역사보다 윗사람에 조아리는지

600살 어르신 백송이 쯧쯧 혀를 찬다

이화장은 문이 닫혀 있다

문이 닫혀 있었다
그때는 보수공사 한다는 이유였고
지금은 뚜렷한 사유를 찾지 못했다

공사중일 때는 사람들 눈감음으로
살짝 들어가 이승만 대통령 동상과
경천애인과 남북통일 현판이 걸린
조각정組閣亭을 담을 수 있었으나

여섯 해가 흐른 지금은
굳게 막힌 문에서 왼쪽 골목으로 돌아
홍천취벽紅泉翠壁이 묻힌 곳 위에서
도둑고양이처럼 비겁하게 관망할 뿐이다

배꽃이 하얗게 흐드러지던 배 밭 사이
아름다운 시내가 흐르는 바위 아래에
그림 같은 집이 역사의 현장이 되었으되

전 주인 신광한과 인평대군도 떠났고
우남雩南이 영광과 회한을 새김질했던
이화장은 오랫동안 문 닫고 칩거하고 있었다

*이화장梨花莊 : 이승만 대통령이 광복 후 미국에서
귀국한 뒤 경무대로 옮기전까지 살았던 집.
종로구 이화동 1번지에 있고, 사적 497호.

피맛골 사랑

거들먹거리는 고관대작의 말을 피한 것은
무서워서도 아니고, 더러워서도 아니었다
그것은 오로지 그들과 다른 삶을 살기 위해서,

두 사람이 겨우 엇갈려 지나칠
골목엔 잡초보다 강한 생명력을 지닌
열차집 모주집 장터국밥집 목로주점이
삶에 지친 사람들의 아픔을
시대와 함께 따뜻하게 보듬었다

백 석白石과 자야가 도둑살림을 차렸고
이 상李箱이 제비다방에서 식민의 아픔을 달랬으며
박인환이 '마리서사'로 광복의 기쁨을 맛보았고
내가 'Temptation'에서 첫사랑을 만났던

피맛골의 삶은 사랑이었고
피맛골의 죽음은 비움이었듯
피맛골은 도피가 아니라 다름의 창조 공간이었다

화신백화점을 아시나요?

누구에게는 현실이었고
누구에게는 역사였으며
누구에게는 전설로만 전해지는 곳

조선시대 육의전이 있던 곳에
1930년대 한국에서 유일하게
엘리베이터 4대가 설치돼
서울 구경의 필수 코스가 됐던 곳

근대화는 어처구니없는 파괴였다
부끄러운 역사는 지워야 하는 것이었다
부수고 새로 지어야 돈을 벌고
먹고 먹히는 자본주의 시대의 운명이었다

화신백화점은 종로타워로 바뀌었고
화신 앞 버스정류장은 종로 2가가 되자
보신각 종만 그날 그곳의 아픔을
엉거주춤한 전봉준 좌상과 쭈뼛쭈뼛 나눈다

서울시의회의 부활

서울시의회가 다시 숨을 쉰다
시민보다는 배지가 으스대고
공익보다는 사익이 우선되던
불평등 불공정 부정의가 가고
공정과 상식, 민의가 되살아난다

일제강점기 때 친일역적 박춘금을 혼내줬던
강윤국 조문기 유민수의 얼을 이어받고
독재에 침묵했던 국회의원들을 각성시켰던
대학생들의 4.18 함성을 계승하여

숨 막혔던 권리를 다시 찾아
귀 막았던 비정상을 정상화하고
입 다물었던 비겁함을 떨쳐 내어
배지보다 시민이 더 대우받도록
서울시의회가 다시 숨을 쉰다

서울도서관

길을 걷다가 다리 쉼 하려면
그냥 자연스럽게 들어오세요

시사 문화 경제 잡지가
반갑게 지친 시간을 달래줄 거여요

대청마루 잔디밭 거닐다가
역사가 궁금하다면 머뭇거리지 말고 문을 미세요

그날과 오늘의 삶이
어떻게 달라졌는지 소곤소곤 알려주겠어요

안 될 것이라는 선입견은 버리세요
몹쓸 코로나도 꼬리를 내리고 있잖아요

쉬면서 즐겁게 배우는 건
인생을 열 배 백 배로 넓히는 것

내 것을 내 것으로 향유하는 건
주인의 마땅한 의무니까요

*일제강점기 때 세워졌던 건물이 서울시청으로 쓰이다가
 지금은 '서울도서관'이 되었다.

남대문 도깨비시장

도깨비가 질식사했다
배기가스와 미세먼지에 더 이상 견디지 못하고
가난하지만 사람으로 사는 이들을 도와주며
부자면서도 욕심보의 노예인 놈들을 혼내주던
도깨비 방망이가 신통력을 잃었다

모든 게 부족하기만 했던 시절
일제강점과 6.25전쟁의 폐허 속에서도
꿈과 웃음을 잃지 않아, 이병철의 부러움을 사며
꿋꿋하게 지게질했던 젊음들을, 뒤로 하고
도깨비가 포도鋪道에 추월당했다

백성들의 공물 부담을 가볍게 해주려고
대동법을 실시하면서 만들었던 선혜청이 있던 곳
북쪽은 북창동, 남쪽은 남창동이 되어
없는 것 없이 서민들의 삶을 지탱해 주었던 곳
바로 그 도깨비시장이 코로나와 직구로 몸살을 앓고 있었다

율곡로

율곡 이 이李珥가 울고 있다
경복궁 동십자각에서
창덕궁 돈화문 지나
흥인지문으로 이어지는 길이

창경궁과 종묘로 이어진
지맥을 끊어
조선의 기를 누르기 위해
일제가 강제로 만든 길이

율곡로로 불리는 게 억울한 것이었다
인사동 승동교회 부근에서 한때 살았다고
사백 년 훌쩍 뛰어넘고, 물어보지도 않은 채
오명을 갖다 붙인 것보다

창경궁과 종묘를 다시 잇겠다며
차굴車窟을 만들어, 훼손된 담장과 문을
원형에 가깝게 복원했다고 자랑하면서도
문은 여전히 열리지 않아 울화통을 터뜨리는 것이었다

전쟁기념관 형제의 상

눈물이 왈칵 솟았다
누가 먼저랄 것도 없이
형과 아우는 부둥켜안고 굴렀다

총알이 빗발치듯 쏟아지는
죽령竹嶺 전장戰場에서
이데올로기가 갈라놓았던 형제는

기적처럼 만났다
형, 박규철은 국군 소위로
아우, 박용철은 인민군 하전사로

모정母情은 이데올로기보다 강하고
피붙이는 총알비를 뚫고 살아남는다는
새로운 생사법칙을 만들었다

해방, 통일전쟁이란 미명 아래
선량한 인민을 죽음의 구렁텅이로 몰아넣은
그놈의 과대망상을 역사에 낱낱이 증거했다

이태원길

길이 열린다
백 수십 년 동안이나 막혀
길이되 길이 아니었던
길이 다시 활짝 열린다

한양 숭례문에 가려면
부산 진주 목포 한밭에서
걷고 걷고 또 걸어 지친 몸을
단 잠으로 달랬던 이태원梨泰院

용산고등학교 교문 앞에
여기가 바로 그곳이었다고 알려주는
표지석이 쑥스럽고
게이트#20이 스핑크스처럼 웅크린 곳

그 문이 열리고
막힌 길이 다시 이어져
일제 강점과 미군 주둔으로 끊겼던
대한의 얼이 용산과 함께 되살아난다

벨기에 영사관의 변신

사람은 가도 향기는 남고
역사는 흘러도 뜻은 이어진다

대한제국 때 벨기에 영사관이
정동과 회현동에서 그날을 증거하던
바로 그곳이

사당역 6번 출구 앞
남서울미술관으로 거듭나
성찬경 시인의 삶을 보여준 건

역설이다
발전이다
비약이다

주어진 것을 탓하지 않고
바로 그것에서 의미를 찾아
새로운 가치 부여하는 것

그것은 바로 지금 우리가
이어받아 마주한 벽 뛰어넘고
새로운 글로벌 가치 만들어야 하는 것

한글박물관

해마다 시월에는
국립한글박물관에 가자

가서 보면 금세 알리라
한글은 어느 날 갑자기
하늘에서 뚝 떨어지지 않았다는 것을

가서 보면 저절로 느끼리라
세종대왕의 여린 백성 어여뻐하는 마음을
집현전 학자들의 애민 정신을
민초들의 뜨거운 한글 사랑을

한글은 유네스코도 인정한 과학적인 글
한글날은 세계인들이 함께 기념하는 날
세종대왕상은 문맹 퇴치 공로상이란 걸

해마다 풍년가 울리는 시월에는
한글박물관에 가서 보고 배우고 사랑하자

경찰기념공원

경찰기념공원 아시나요
대한민국 경찰이 창설된 1945년부터
나라와 겨레를 위해 목숨을 바친
1만3700여명의 경찰관을 추모하기 위해
2016년 현충일에 만들어진 곳 말이에요

경찰기념공원에 가 보셨나요
경찰청 건너편 중구 의주로1가 44-2에
아담하게 꾸며져 있더군요
그토록 넓은 대한민국 땅에
이렇게 조그맣게 만든 까닭이 알고 싶어지는

경찰기념공원에서 문득 궁금해지더군요
경찰의 날이 10월21일,
미 군정청 아래 경무국이 만들어진 때가 아니라
임시정부 경무국이 설치된
1925년 8월21일이 좋지 않을까 하는 의문이었네요

새남터의 삶

풀과 나무는 귀천 없이 태어나고
새와 짐승도 저마다의 삶을 살다 가는데

너는 저곳에서 어떤 잘못 저질렀기에
이곳에서 뭇 사람들의 죽음을 받아내는
저주를 안고 숨죽이며 살아야 했구나

한가람에 실려 온 고운 모래가 넓게 퍼져 만든
노들은 이곳과 저곳이 만나는 문이 되어

세종을 도와 훈민정음 만드는 데 큰 역할 했던
성삼문이 세조 쿠데타를 반대하다 저곳으로 갔고
한국인 최초의 신부 김대건도 이곳에서 저곳을 만났구나

죽고 죽고 또 죽어도 삶은 이어지는 것
여기는 저곳의 후원 듬뿍 받아

이곳의 모든 아픔을 달래고
이곳의 갖은 더러움을 씻으며
저곳으로 갈 깨끗한 준비하는 곳으로 거듭났구나

서울함공원의 평화

전쟁을 잊은 사람은
평화를 잃는다는 것을
익어가는 가을이 알려주고 있었다

엄마 품에 안겨 옹알이하는 애기
함박웃음 연에 띄워 하늘과 얘기하는 아이들
뭉게구름보다 더 부풀게 사랑 키우는 연인들

거친 물살 헤치며
맡았던 일 모두 마치고
조용히 쉬고 있는

서울함
참수리호
잠수함이

지긋이 알려주고 있었다
전함은 은퇴할 뿐 죽지 않는다고
평화는 거저 주어지는 게 아니라고

사상계* 만들던 곳

보일 듯 말 듯
조그만 동판으로만
남아있다는 건
부끄러운 일이다

시간이 흘러도
역사는 남는데
사람이 떠나도
정신은 사는데

자유독재와 군사독재에
오롯이 맞서며
역사와 정신이 죽지 않았음을
글로 증거했던 곳

폭력 앞에서도, 17년 동안
대한의 빛 밝혔던 곳을
넋 놓고 뭉개는 것은
정말 얼빠진 짓이다

*1953년 4월호부터 1970년 5월호까지 월간 『사상계思想界』가
발간되던 종로구 종로 60-1. 현재 할리스커피 종각점이 있다.

진관사津寬寺 만남

세종대왕이 다리를 놓고
초월 스님이 실타래를 풀었다

진관조사의 도움으로
죽음을 피하고 왕이 된 현종이
은혜를 갚고자 지은 절에

세종은 사가독서당을 만들고
집현전 학자들을 보내
훈민정음을 연구했다

백초월 스님이
태극기와 독립신문을 숨겨놓은
칠성각은 6.25 전화戰火에도 살아남았다

사모바위와 비봉 넘으면 바로 청와대!
김신조 124군 부대가 밤샘했던
진관사 계곡, 역사의 현장에서

만날 사람은 만나게 마련이란 걸
세종대왕과 초월스님 덕분에 다시금 알았다

보구녀관 김점동

시작은 보잘것없었으나
열매는 중생의 가슴을 따뜻하게 보듬었다

여자라는 이유로
아파도 제대로 치료받지 못하는
현실을 바꾸고자 만들어진
한국 최초의 여자전용병원!

가난한 집 셋째딸 김점동은
열한 살 때 보구녀관에 들어가
한국 첫 여의사가 되어
10년 동안 5만 명 이상 치료했다

과로와 영양실조와 경술국치도
박에스더의 얼을 죽일 수 없었고
널리 여성을 구하는 집은
이화여대병원으로 거듭났다

마로니에공원

땅에도 운명이 있다
배움터에는 학교가 서고
고침터에는 병원이 살고
놀이터에는 사랑이 핀다

동궐 밖 낙산 아래
배꽃 흐드러지게 설레던 곳
윤선도 시심이 자랐던 집터에
김상옥 의사가 항일의 뜻을 키웠고

해와 달이 수없이 떴다 진 뒤에
서울대학교 문리대가 들어서
이어령 전혜린 김지하 등이
대한의 문학을 꿈꾸었던 곳

명당에는 좋은 주인이 있듯
인재 자라났던 배움터는
새와 나무의 마로니에 공원이 되어
바람과 사람의 어울림 한마당으로 들썩거린다

신촌역이 아프다

세월의 무상함이야 어쩔 수 없다 해도
자꾸 떨어나가는 몸뚱어리보다
뜻 없이 새것만 추앙하는
얼빠진 사람들의 폭력에

신촌역이 아프다

2호선 신촌역 때문에 이름도 바뀌고
위압하듯 내리누르는 듯 버티고 있는
새 신촌역에 가위눌려
나날이 존재감이 사라지는

신촌역이 아우성이다

80년대 엠티 떠나던 추억 되찾으라고
삶의 가치는 겉모습이 아니라 내면에 있다고
무형문화재로 지정하는 데 그치지 말고
자주 보고 손잡는 마당 만들어야 한다고

용양봉저정 수수꽃다리

미르가 머리 들고 솟아오르며
봉황이 날아오르는 봉우리에만
눈과 귀와 마음 뺏기지 마세요

소중한 것은 늘
눈길 귓길 마음길 닿지 않는 곳에서
참고, 참고 또 참으며 기다리고 있더군요

사람이 지은 정자는 이백삼십 살,
사람이 심은 나무는 오백 살쯤 된다며
사람이 왜 겸손해야 하는지 알려주려고

늙어 절반 이상 떨어져 나간 몸뚱아리로
굽은 등 땅에 닿지 않으려 안간힘 쓰며
새 가지 겨우, 겨우 키우고 있네요

첫사랑을 잊지 않으려고
젊은 날의 추억을 되새기려고
정조의 효심을 증거하려고

*용양봉저정龍驤鳳翥亭 : 동작구 본동 10-30에 있다.

63빌딩의 설렘

세월이 강물처럼 흘러도
명성은 바위처럼 남는다

1985년부터 2003년까지
18년 동안 가장 높음을 자랑했던
63빌딩이 아직도 설레게 한다

떠나고
돌아오고
머물며

차곡차곡 늘어가는 주름처럼
올림픽도로가 윤슬로 빛날 때

차파車波와 인파人波 뚫고 나온
심파心波가 한파寒波를 살살살 녹였다
목멱산과 노들섬 듬뿍 품고

떠나고 돌아오고 머물며
명성은 바위처럼 남고
세월은 추억으로 흐른다

정지용초당터에서

홀린 것이었다
도로명주소에, 넋 빠진 골목에
방향 놓친 확신에
홀려 헤맨 것이다

이곳도 아니고
저곳도 아니고
제자리서 빙빙빙 돌다
묻고서야 길 찾았다

내가 옳다고 우기는 건
틀림없이 잘못이라는 것
한 번 더 알려준 녹번동에
정지용 초당이 있었다

전쟁의 소용돌이를 피하지 못하고
억지로 끌려가다 생사를 달리한
시인의 비극이 이어지고 있었다
표지 동판이 나직하게 말 걸고 있었다

*정지용초당터: 은평구 녹번동 126-10.

문화비축기지의 향기

이름에 속으면 안되는 것이었다
문화비축기지라고 해서 의아했던 것은
가보지 않고 멋대로 생각하려는
머리의 게으름 탓이었다

지나갔다고, 오래됐다고
그냥 끝나는 게 아니었다
묵으면 묵을수록 우러나는 맛
치즈와 막걸리, 김장김치처럼

석유가 문화로 거듭났다
쓰레기 매립장을 하늘공원으로 바꿔
상상력이 기적을 만들어 낸
21세기의 연금술이다

뒷짐 지고 진양조로 걸으니
석유에 담겼던 뜻이 튀어나와
시민들의 미소를 자아낸다
사람이 떠나도 향기는 남아

들국화처럼 노랗게

애기단풍처럼 발갛게

노숙자를 푸근히 감싸는

함박눈처럼 하얗게

*문화비축기지: 마포구 성산동 661에 있었던
  마포석유비축기지를 지속가능한 생태 및 문화활동을 위한
  문화공원. 기존의 5개 탱크를 공연장, 전시장, 다목적
  파빌리온 등으로 재생했다.

이어령길

사람이 가니
길이 생겼다

이어령길

집 하나도 없던
산 중턱에 외딴집을 짓고
48년 동안 살았던 것을 기념하는 일이었다

『흙 속에 저 바람 속에』 등
100여 권의 저서를 쓰고
게오르규 루이제 린저 같은
세계적 석학들이 찾아온 바로 그 집을

'영인문학관'으로 꾸며
원고 초상화 편지 서화 사진 등을
전시하는 것은 새로운 역사로 만들었다

길이 생기니 사람이 다니고
사람이 다니니 길이 더욱 넓어졌다

*이어령길 : 가나아트센터(평창30길 28)에서 평창30길 끝까지
700m 구간, 중간쯤에 영인문학관(평창동 499-3)이 있다.

보안여관保安旅館의 변신

여관에선 잠만 자지 않고
등잔 밑이 어두운 법이었다

조선총독부 바로 옆
조선총독 관저 들어가는 길목에 자리 잡은
보안여관은 보안이 최고였다

서정주 김동리 오장환 김달진이
시인부락을 만들었던 곳은

추사가 뛰어놀던 곳
이상이 오감도를 쓰던 곳
겸재가 '인왕재색도' 그리던 곳

1960년 4월 19일 바로 그날도
젊은이들의 피를 지켜봤던 곳

사람은 가도 사연은 남는 것
이중섭이 마사코와 잠자던 얘기를 안고
보안여관은 전시공연센터로 새 건생建生에 빠졌다

*보안여관 : 1936년에 세워진 여관으로 종로구 통의동 2-1,
경복궁 영추문迎秋門 건너편에 있다.

61

고척돔에 피는 꽃

비만 오면 물에 잠기는 늪지에
우주선이 사뿐히 내려앉아 꽃을 피웠다
귓불을 도려내는 동장군에도 아랑곳하지 않고
도도한 박수꽃을 하늘로 올려보냈다

억수같이 쏟아붓는 장맛비도
아스팔트 녹여내는 불볕더위도
눈과 목 공격하는 미세먼지도
한방에 날려버리는 함성꽃이었다

꽃은 야구경기 때만 피는 게 아니었다
미국 5인조 팝 록 그룹 마룬5가 오고
트로트의 신성 임영웅이 공연할 때도
신차 발표할 때도, 꽃은 활짝 피었다

제3부

광화문광장 다시 열리다

다시 열린 광화문광장

광화문 광장은 가슴으로 가세요
발로만 눈으로만 다가가는 건 2% 모자랍니다

지난날의 잘못을 모두 고치고
새로운 사람들과 손에 손 잡으며
환한 새날, 멋지게 열었으니까요

광장은 너른 마당입니다
마당은 함께 어울리는 터입니다
사랑이 방실방실 피어나고
역사가 송이송이 맺힙니다

광화문역 7번 출구에서 시작하세요
한겨울에도 푸르름 잃지 않는 소나무가
5천 그루 숲으로 이끌 거예요

2년여 동안 가림막에 터졌던 화딱지가
새 벗들의 환한 인사에 살포시 풀리더군요

새꿈어린이공원

시간이 말과 함께 멈췄다
아니 멈췄다는 건 느낌이었고
멈추고 싶어도 멈출 수 없었다

서울역 11번 출구에서 가까운
동자동 새꿈어린이공원에서는
어린이를 찾아보기 힘들었다

어린이를 위한 놀이기구만
유기견처럼 주인 찾는 눈이 흔들리고
노숙자들이 미래 없는 현재에 매달렸다

그 눈동자가 가슴을 찔렀다
그 흐느적거림이 눈물을 울렸다
그 술 한 잔이 목울대를 적셨다

삼각지 옛집국수

국수를 사연으로 먹는다
외환위기로 고통의 시간을 보낼 때
허름한 옷차림의 중년 사내가
2천 원짜리 온溫국수 두 그릇을
게 눈 감추듯 먹고 후다닥 뛰어 달아났다

그냥 가, 뛰지 말고, 넘어지면 다쳐~
주인아주머니의 말이 뒤따라오자
사내는 휘발유 뿌리고 화악
불 질러 버리겠다는 분노를
눈물로, 다짐으로 씻어 냈다

맛있는 사연 국수는
사람과 사람을 멋으로 이어주며
푸틴의 정의롭지 못한 전쟁으로
오른 물가 속에서 얇아진
서민들 지갑을 훈훈히 지켜주고 있다

*용산구 한강로1가 231-23, 지하철 4호선 삼각지역
1번 출구에서 가깝다.

별빛내린천 오리 가족

하나 둘 셋 넷 여섯 여덟 열 열하나··

아빠는 출근했는지 보이지 않고
엄마가 혼자 아이들 보살피느라 힘들었는지
잠깐 한눈팔며 쉬는 사이
꼬맹이들이 걱정말라며 재잘재잘 재롱부린다

세상 맛본 지 보름 쯤 됐을까
헤엄 솜씨가 박태환보다 나은데
한 놈이 제법 높은 곳에서 풍덩 뛰어들자
여럿이서 물 위를 나는 듯 나아가고
엄마는 끄덕끄덕 넉넉하게 웃음짓는다

서울대에서 신림네거리까지 이어진
도림천에 저녁노을이 발갛게 내려앉을 때
엄마는 이제 그만 집에 돌아가자 하고
꼬맹이들이 좀 더 놀자며 머뭇거리자
왜가리가 갸웃거리며 게으른 붕어를 노린다

염천교에서

철마는 시간을 달리고
사람은 추억을 추스른다.

세월의 무정한 일방통행으로
청춘이 백발에 당황하는데

혼으로 만든 수제화도
저만치 사라진 시대를 그리워하며

시위 떠난 화살이
되돌아오지 않는다는 걸

만초천을 아련히 기억하는 저녁 해가
약현 성당을 넘어가며 조근조근 알려준다

*염천교鹽川橋 ; 서울역 북쪽, 수제화 거리에 있는 다리.
이곳에 화약을 만드는 염초청焰硝廳이 있어
염초청교라고 불리다 염천교로 바뀌었다.

홍제천길

홍제천 위로는 고가도로가 흐르고
홍제천 품으로는 사람이 익어간다

홍제역 유진상가 밑, 인왕산 골물은
홍제 유연流緣이 되어 세사世事를 날려버리고

상가 위 아파트와 사무실 사이, 중정中庭은
도심都心에서 도심道心을 키운다

북한군 탱크를 막겠다는 기상奇想이
21세기의 먹거리를 만들어내는 역설을 낳고

자꾸자꾸 모래 속으로 숨는 모래내가, 아직도
환향녀의 아픔을 간직한 채 소곤소곤 흐른다

백사실 계곡

걱정하지 마세유
낮이 길잖아유
해 넘어가도 보름달 두둥실 비춰줄 테고유

괜찮아유
별 것 없다는 건 가슴이 닫혔다는 것,
마음을 열면 보일 거여유

도롱뇽이 전하는 말과
가재와 버들치와 개구리가
솔바람과 어울려 보내주는
멋들어진 노랫가락 말이에유

잉어가 뛰놀던 연못엔
고만고만하게 키재기 하며
하얀 얼굴에 볼연지 찍은
고마리가 지난 사연을
한마디 풀어 놓더군유

그저 벗어나보세유

발이 부르는 대로

마음이 닿는 대로

멀다는 건 뜻이 없다는 것,

이렇게 좋은데

누리지 않고 그냥 보내는 건

아프고 아깝잖아유

양잿물도 마신다는 공짜인데 말여유

장충단공원의 안개

장충단^{奬忠壇}은 공원이 아닙니다
이곳은 대한제국의 국립현충원,
을미왜변을 목숨으로 막으려다 순국한
홍계훈과 군인들의 얼을 위로하던 사당입니다

대한제국을 총칼로 강탈한 일제는
눈엣가시였던 장충단을 훼절해
벚꽃을 심어 공원으로 만들고
경희궁 숭정전을 뜯어와 박문사를 지었습니다

장충단에 안개가 자주 끼는 것은*
이준 이한응 의사가 장충단비를 부여안고
눈물 흘리는 까닭이요
최현배 선생이 한글을 사랑하는 때문입니다

사명대사가 저 높은 곳에서 알려줍니다
동국대 정각원에 가서 숭정전을 살펴보고
청계천에 있던 수표교의 사연을 들어보고
잊힌 한양가를 불러보라고 미소짓습니다*

*배호가 1967년 8월에 부른 '안개 낀 장충단 공원'의 첫 소절.
*한양가漢陽歌 ; 경술국치를 전후해 애창된 노래로 장충단과 관련해
"남산 밑에 지은 장충단 저 집 나라 위해 몸바친 신령 뫼시네/
태산 같은 의리에 목숨 보기를 터럭같이 하도다/
장한 그분네"라는 구절이 나온다.

시인통신의 통신

술이 있으니 즐겁고 술이 없으면 즐거움도 없다
(유주유락有酒有樂 무주무락無酒無樂)*
두 평짜리 무허가 까페는 밤마다
시인과 묵객의 생생한 말시장이 열렸다
깨어 있는 것은 입밖에 없나 보다*
쿠데타로 정권을 찬탈한 전두환 독재정권이
통금은 폐지했어도 심야영업은 여전히 금지하던 때
하늘이 어두운 새벽 사람들이 어둡게 살아가고 있다*
술이 들어가면 울음을 터트려 하루를 위안받았고
끝없는 욕으로 시대의 아픔을 달랬다
방관은 죄악이다*
돈 없으면 외상 달고 돈 생긴 사람이 대신 갚으며
막무가내 80년대가 흘렀다
누님은 여전히 누님이고 강물은 저렇게 흘러갑니다*
피맛골이 재개발의 폭력을 견디지 못해 산산조각 나고
시인통신의 낙서도 천정부지 임대료에 질식사했다
누님은 시인이 되고, 시인들은 그때 주검이 되었을까…
맥주는 길고 소주는 짧다*

*시인통신 벽에 있었던 낙서.
*시인통신詩人通信 : 1982년 광화문 교보문고 뒤 피맛골에서 문을 연 뒤
  르미에르빌딩 자리와 인사동, 그리고 제일은행본점 뒤로 옮기며
  26년을 살다. 청진동 재개발로 2008년에 문을 닫은 시인들의 사랑방.

어린이들이 행복한 광화문 마당

물이 솟구치자
아이들의 함성이 활짝 꽃 피웠다

옷 젖어 시원한 비명에
삼복더위가 슬금슬금 뒷걸음질 치고

얼이 얼은 어른들은
어쩔 수 없는 부러움에 셔터를 누르는데

여린 백성에게 그늘을 양보한
세종대왕과 이순신 장군이 빙그레 펴지고

물 터널 추임새가 코로나를 잠들게 하는 행복한 마당에
얼을 인 어린이들이 시간을 멈춰 세웠다

라온하제

라온하제 되세요
광화문광장에 새로운 인사말이 생겼다
욕을 내려놓고 가볍게 훨훨 날아올라
즐거운 내일을 맞이하라는 말

사람은 꿈이 있어 산다
꿈이 있어 오늘을 다스리고
꿈이 있어 천길 낭떠러지를 오르며
꿈이 있어 어두운 동굴을 헤쳐 나아간다

라온하제 맞이하세요
문득 광화문광장에 선보인 새 인사말이
사람들에게 꿈을 준다
먹구름 속에 감춰져 있는 커다란 꿈

희망으로 가슴이 뛴다
여름을 뚫고 가을빛이 모락모락 피어나고
다시 찾은 광복의 함성이 우렁차게 하는 말
라온하제 펼치세요

*라온하제 : 즐거운 내일이란 뜻의 순 우리말.

나이는 숫자에 불과하고

나이는 숫자에 지나지 않았고
애국심만이 불타는 현실이었음을
어리석음을 말하는 왈우曰愚께서
힘줘 알려주신다

노숙자와 비둘기에게
서울역 북쪽 광장에서

1919년 9월 2일 오후 5시
남대문역이 천지를 깨우는 폭발에 흔들렸고
사이토마코토齋藤實 신임 조선총독은
목숨은 건졌으되 얼은 이미 그때 죽임당했다

강탈당한 국권을 회복하기 위한
항일투쟁에 남녀노소가 없고
문화통치는 철권통치를 가리기 위한
거짓 웃음이며 양두구육임을 잊어선 안 된다

몸은 있으되 나라 없는 것만이 아플 뿐
단두대 위에도 봄바람이 불어온다

내가 죽어 청년들 가슴에 불의와 싸울

힘과 의지를 불러일으키는 게 소원이다*

강우규 의사께서 두 주먹 불끈 쥐고 말씀하신다

서울역 북쪽 광장에서 비둘기와 노숙자에게

*강우규 의사가 죽음 직전에 남긴 시와 유언에서

서울로7017

사람은 세월을 이길 수 없고
세월은 사람들의 값 매김에서 벗어나기 어렵다

철길로 동서로 나뉜 동네를 하나로 잇고
철길을 훌쩍 날아 만리재와 청파로를 퇴계로로 연결하는
서울역 고가도로!

1970년대 고도성장을 자랑하던 상징도
노화의 법칙에 노예가 되어
신경통 동맥경화 위암 등에 시달리다
시한부 사망선고를 면하지 못했다

찻길이 사람길로 바뀌어 좋긴 한데
끄덕이는 이보다 가로젓는 이가 더 많은 건
과정이 공정하지 않고 결과가 씁빡하지 않았던 탓

하늘을 걸으며 철마 타고 유럽 가는 꿈에 젖어도
붕붕 뜨지 않는 건 콘크리트의 무정 때문이었다

*서울로2017 : 1970년 8월 15일에 개통된 서울역 고가도로를
2017년 5월 20일에 걷기 공원으로 바꿔 개장하며 붙인 이름.
고가 높이가 17m, 사람길이 17개라는 뜻도 담았다고 한다.

넝쿨내의 괴물

물이 흐르지 않고
물이 넘쳐흐르며
괴물이 사는 공간이 되었다

게 잡는 불빛이
한여름 밤 더위를 식혀주던
용산8경이 사라지고

넝쿨내를 따라 만들어진 철길이
청파동과 갈월동을 떼어놓는
일제의 폭력이 자리잡으며

연적교 경교 염초청교와
배다리를 포함한 일곱 개 다리 가운데
경교장만 맹장처럼 남았다

인왕산과 안산과 목멱산의 정기를 싣고
보통사람들의 시름을 넝쿨로 담아낸
만초천은 포도 아래로 갇혀 죽은 내가 되었다

*넝쿨내 : 만초천蔓草川 갈월천葛月川으로도 불렸다.
 남영역에서 용산역 사이 150m와 용산 미군기지 내부 구간을
 제외하고 모두 복개됐다. 넝쿨내가 한강으로 흘러들어가는
 원효대교 북단이 영화 '괴물'(감독 봉준호, 주연 송강호)의
 배경으로 등장했다.

강남역4거리 물바다

비상선언은 현실이었다*
하수구를 빠져나갈 틈도 없이
거꾸로 솟아나는 빗물 폭탄에

젊음이 파닥거리던 거리는
느닷없이 파도치는 물바다로 바뀌고
엉금엉금 기는 버스 앞으로
승용차가 대책 없이 깜박거렸다

하늘에 구멍이 난 것일까
땅이 너무 달구어진 탓일까
사람이 지나치게 오만해서일까

예순 되도록 이런 폭포비는 처음인데
자연은 다 뜻이 있을텐데
알지 못하는 게 답답한 지
왜애앵 왜애앵 119 구급차가 달리고
삐요삐요 애불런스가 겁주는 밤

젊음은 그래도 젊음이었다

지하 노래방 아저씨가

겁먹은 얼굴로 방수벽 쌓는 앞에서

깔깔거리며 인생 샷 날리고

집에 갈 수 없을지도 모른다는 두려움에

동동거리는 사람들 사이에서

멋진 구경한다는 듯

환하게 빗줄기를 맞고 있었다

*비상선언 : 2022년 8월 3일에 개봉된 '여객기 바이러스
테러 사건' 영화. 감독 한재림, 주연 송강호 이병헌

대련집 비망록

비 오는 날엔 막걸리 마셔야 하는
사연이 꼬리에 꼬리를 물고 이어진다

초저녁부터 길어진 줄은 미시를 넘어
술시에 이르도록 몸집을 불리는데
사연이 또 하나 겹쳤다

지천명 앞과 뒤, 십이 년을 숨 쉬었던 공간을 떠나
새 공간을 맞이하는 시공간은
삼십 년 전의 설렘이 없다

깊어진 주름과 하얘진 머리가
앞으로 살 날보다 살아온 날들을 안주로 삼아도
보쌈과 파전, 사골칼국수에 모든 사연을 안았다

막걸리에 사연을 담아 마시는 비오는 날엔
종로3가 청계천가의 대련집으로 발길이 꼴린다

도미부인의 눈물

도미부인이 울고 있네요
천호동 광진교 남단에서
꿔다놓은 보릿자루처럼
오지도 가지도 못한 채
엉거주춤 동쪽 하늘 바라보며

도미부인이 하소연하네요
벌렁벌렁 뛰는 가슴 달래려
가녀린 왼손 다소곳이 올리고
한강을 바라볼 수 있게 해달라고
나룻배 타고 그 님 만나러 가게 해 달라고

하늘이 돕고 아리숫물이 이끌어
개루왕의 미투 올가미에서 벗어났는데
아들의 손자의 아들들이 눈과 귀 닫고
마음까지 걸어잠그고 얼빠진 모습에
도미부인이 눈물로 전화하고 있네요

*도미부인 : 한성백제 때 개루왕의 탐심貪心으로
몸을 버릴 위기에 빠진 도미부인이 재치로 올가미에서
벗어났다는 『삼국사기』〈도미都彌열전〉을 바탕으로
천호동 광진교 남단에 '도미부인 동상'이 세워졌다.

좌청룡 용마산

날마다 뜨는 해도
용마산에서 새해 첫날은
다른 모습으로 떠오른다
서울의 당찬 꿈 벅차게 안고

달마다 웃음 띠는 보름달도
용마산에서 한가위 저녁엔
부푼 가슴보다 더 꽉 차게
서울의 바람으로 발갛게 익는다

이 맛을 알아서였을 것이다
서거정이 용마산 아래에
사가정四佳亭 만들어
음풍농월 시를 지은 것은

발걸음 부여잡는 새벽잠 떨치고
텅 빈 찬 길 종 종 종
용마산 오른 것은, 바로
설레는 그 맛, 제대로 누릴 수 있어서다

광화문집

맛은 골목에서 우러난다

날아간 세월 타고

포기김치 만난 돼지가

상큼하게 피어난다

김치찌개가 튀어봤자 거기서 거기라는

관념론의 두 마리 개도 저만치 달아나고

속도 강박과 신물新物 콤플렉스에 빠진

도인都人들은 꿈에서도 알지 못할 맛이

콘크리트 숲 뚫고 살아나고

뒤돌아보는 지혜를 알려준다

*광화문집 : 종로구 당주동 43번지에 있는 50여 년 된

김치찌개 밥집.

수색역 연가

경의선 철도는 폭력이었다
아름다운 난지천蘭芝川 따라
저절로 만들어진 물치 마을을*
동쪽과 서쪽, 이산가족 만들었다

일제의 폭력은
광복 뒤에도 이어졌다
개발이란 이름으로
삶은, 아스팔트로 자꾸 밀려났다

폭력 속에서도 틈은 있었다
그대 오는 날 꽃으로 서 있겠다는
수색바라기가, 으스러지듯
그 옛날 골목을 보듬고

민들레가 바람으로 피었다
온갖 폭력을 생으로 용서하듯
난蘭풀과 지芝풀이 쫓겨난 공장空場을
하얗게 흩뿌리고 있었다

*물치 : 은평구 수색동과 마포구 상암동 및 성산동에
걸쳐 있었던 마을. 장마 때 한강물이 난지천을 따라 이곳까지
올라와서 붙은 이름이다. 난지천은 이름조차 잊힌 채
난지도(하늘공원)로 남아 있다.

남학동 25번지

사람은 가도
추억은 남는다

새해의 부푼 꿈
늦은 소한 추위에 꺾였어도

사랑하는 어린 딸
가슴에, 못 박았어도

새침떼기처럼
집이, 얼굴 바꿔도

추억은 흘러도
사람은 남는다

*서울시 중구 남학동 25: 서른두 살에 요절한 수필가
전혜린(1934~1965)이 살았던 집이 있던 곳.

구두닦이

구두는 마음의 창
구두가 지저분하면
마음도 더러워집니다

열다섯 사춘기부터
고희를 앞둔 지금까지
오십 여 년 동안
이 일만 하니 보인다네요

한 평 남짓한
철제鐵製 시공간은
신안 앞바다 섬으로 이어지고

5분
5천원은
마음을 깨끗이 닦아
일터길 가볍게 털어주더군요

*지하철 2호선 선릉역 1번 출구 부근에 구두 닦는
키오스크가 있다.

산타는 오지 않았다 구룡마을에

올해도 산타는 오지 않았다
거침없이 달리는 자동차가 무서웠을까
양재대로 북쪽, 개포 고층아파트 단지까지는 왔을
산타는 크~은 길 너머 구룡마을을 끝내 외면했다

하느님의 사랑에도 온도차가 있었다
영하 13도로 떨어뜨린 시베리아 고기압이 싫었을까
인적 끊어진 골목에는 도둑고양이와 찬바람이
정 고픈 낙엽을 괴롭히고 있었다

머리가 어지럽고 두 다리가 후들거렸다
막걸리나 코로나를 핑계 댔으면 편했을까
시커먼 연탄이 밤새워 새하얘지도록
오들오들 떨며 해님 기다리는 마음만 시렸다

저절로 토끼눈이 되었다
엄동설한에 수박 겉핥기여서 좀 나았을까
금방이라도 주저앉을 듯 힘겨운 지붕이
금지옥엽처럼 아꼈던 지식을 후려쳤다

집요한 동장군을 막지 못할 짜깁기 벽이
이쪽과 저쪽의 깊은 계곡으로 흘렀다
정 고픈 낙엽이 오돌오돌 떨며 해님 기다렸는데
올해도 산타는 오지 않았다

주자파출소를 아시나요

하염없이 기다려야 했다
쾅쾅거리며 뛰는 가슴을
달랠 틈도 없이

왜!
죄 없는 사람 잡아갔느냐고
한마디 따지지도 못한 채

그저
다치지 않았느냐고
언제쯤 나올 수 있냐고

메아리 없는
질문에 목이 메야 했다
왜풀 들국화 하얘지도록 울어야 했다

세월이 흘러도
아픔은 추억으로 바뀌지 않고
죽음이 삶을 타고 헤매고 있었다

*주자파출소터 : 옛 중앙정보부 입구에 있던 파출소. 충무로에서
119방재센터로 가다가 왼쪽에 있다. 파출소가 없어진 자리는
공원으로 조성돼 '옛 주자파출소토 터'라는 팻말만 서 있다.

서울대학교에 '서울대학교'가 없다

잔칫상에 꼬투리 잡고
신장개업 축하에 몽니부리는 것도 아니다

한동안 가림막에 쌓여있다
말끔하게 단장한 정문이
양털 구름을 이고, 멋지게 서 있다

가까이 가야
보이지 않는 게 보인다
서울대학교에
'서울대학교'가 없다

SEOUL NATIONAL UNIVERSITY
국적 없는 이름만 윽박지르듯 돌출돼 있다
혈세 먹고 자란 시비시비에

세종대왕이 울화통 터지고
한글이 대성통곡하고 있다

제4부 / 윤동주 시공원

윤동주 시공원*

보이시나요
하늘 뚫고 별을 향해 우뚝 솟은
하늘과 바람과 별과 시,
멋지게 품은 윤동주 시비가

들리시나요
사람에서 사람으로
살랑살랑 바람 타고 다가오는
윤동주 시인의 힘찬 노래가

느끼시나요
쓰레기 매립장에서 꽃 피고 새 우는
하늘공원이 만들어진 기적 속에
별 빛나고 시 펼치는 가슴 벌렁거림이

윤동주 시공원이 태어납니다
하늘과 바람과 별과 시를 노래하고
잎새에 이는 바람에도 부끄러워했던
윤동주가 순국 80년을 넘어 되살아납니다

*상암동 하늘공원에 윤동주尹東柱(1917~1945)
시인의 '하늘과 바람과 별과 시' 시비를 세우고 '윤동주 시공원'을
만드는 시인 2,054명의 꿈이 2025년에 이뤄질 것입니다.

르메이에르종로타운 B동 1416호[*]

새 누리가 열리더군요
62개월 동안 누렸던 자유인 삶을 접고
다시 출근하는 설렘의 선물이었어요

경복궁이 넓은 뒷마당이고
청와대가 아늑한 뒤뜰이며
백악산은 듬직한 수호신이더군요

향로봉에서 보현봉으로 이어지는
삼각산 비봉능선이 삿됨을 막아주어
튼튼한 병풍으로 무척 포근했고요

모든 게 다 때가 있나 봅니다
물러서 스스로 안을 다스릴 때와
나아가 더불어 일을 만들어 갈 때

지금이 바로 그때라는 걸
저절로 펼쳐진 저 모습이
잔잔하게 알려주는 전령이었어요

*종로1가 24에 있는 오피스텔. 주간 〈문학人신문〉
편집국이 있던 곳.

삼일로창고극장

에~
콘크리트보다 사람의 의지가 강했네요
저~
연극을 사랑하는 사람의 열정 말이에요
또~
지킬 것은 지키는 게 참멋이잖아요…

사람은 가도 뜻은 남아
빨리 빨리와 돈보다 더 쎈
지키겠다는 뜻을 보여주고 있어요

명동성당에서 남산1호터널로 가는
언덕 말랭이에서 오십 년 가까이
가정집에서 소극장으로 화려하게 변신했다가
김치공장과 인쇄소로 추락했던 아픔을 딛고
다시 소극장으로 가슴 뛰는 곳

오늘 문득 발걸음이 닿더군요
'에저또극장'으로 불리던 그곳으로요
때란 참 오묘한 마술임에 틀림없지요?

사랑의 열쇠

사랑을 자물쇠로 가둘 수 있을까요
목멱산 꼭대기 전망대를 가득 채운
자물쇠들을 볼 때마다
의문이 불쑥 떠오르네요

사랑의 유효기간은 얼마일까요
자물쇠로 단단히 채운 사랑의 증표가
다른 사람들의 부러움을 잔뜩 받고
사랑은 빛나기만 할까요

사랑은 증명해야 하나요
마음을 꺼내 보여줄 수 없으니
보이지 않는 마음을 자물쇠로
꼭 꼭 꼭 채워둬야 안심할까요

사랑은 열쇠로 활짝 여세요
채우기만 하면 노예가 됩니다
사랑은 죽이는 자물쇠가 아니라
사랑은 살리는 열쇠가 어울리잖아요

너븐나루다리

가을밤에는 광진교를 걸어보세요
살랑거리는 하늬바람에 한가위 보름달 미소짓고
파란 물결에 되비치는 별빛이 그대 꿈 들어주고
귀뚜라미 세레나데에 잊었던 사랑 살아날 거에요

연인들은 어깨 마주 대고
가족들은 꼬맹이 안고, 태우고
어르신들은 조심조심 건강 챙기며
하늘과 바람과 별과 사람이 하나 되는 곳

너븐나루다리는 가을밤 걷기가 딱이에요
동쪽으로는 도미부인의 전설이 다가오고
서쪽에선 123층 불빛이 한강을 장식하며
북쪽은 아차산에서 고구려 영아들의 함성이 들려오네요

가을밤 사연이 깊어갑니다
차보다는 사람이 대접받는 너븐나루다리
광진교 8번지에선 저 깊은 속까지 비추는
삶의 향기가 솔솔 피어납니다

문정희 시인길

처음과 끝은 이어진 길인데
끝과 처음이 끊어져 갈라졌다

이쪽에선 '섬 Hills'이고
저쪽에선 '문정희 시인길'이다

코엑스에서 봉은사 옆구리를 지나
경기고로 넘어가는 야트막한 고개

섬 언덕으로 했으면 좋았을 텐데
문정희 시인은 그것을 알았을까

토성을 쌓고 이곳을 지켰던
백제사람들의 아픔을 함께 느꼈을까

가을 하늘이 서럽다는 듯
시퍼렇게 멍들며 하소연하고 있었다

솔고개마을

마당이 왔다
벽이 깎이고

살사리꽃 하늘하늘
술내음 부르는 가을

뒤틀리고 빼앗겼던 역사
한 번 더 제자리 찾았고

질기고 질긴 윤덕영 그림자
잘근잘근 씹어 끊어낸 곳

보현봉 백악산도 후련한 듯
파란 하늘에 맑은 미소 던졌다

*송현동松峴洞 : 솔고개마을의 한자식 작명. 고리우물골
다락골로도 불렸다. 경술8적인 윤덕영 일가의 집이 있었으며
일제강점기 때 조선식산은행 사택, 주한미국대사관 직원
숙소 등으로 100년 넘게 높은 벽으로 차단됐다가,
10월 7일부터 2024년 12월까지 개방된다. 그 뒤엔
이건희기증관이 들어선다.

피맛골의 흡협연

너는 흡연권이라 하고
나는 혐연권이라 한다

건물에서 쫓겨난 것도 화딱지 나는데
뒷골목에서 눈치 보면 스트레스 더 쌓인다 하고

매캐한 죽음 연기에 숨 막히는 건
느긋한 가을을 두 번 죽이는 것이라 앙살한다

살랑대는 하늬바람 저만치 밀어버리며
가까이 할 수 없는 흡혐연 거리두기를

나는 네 탓이라 하고
너는 오지랖이라 한다

관철동 바람

세상에서 힘센 것은
세월이었다

바람 따라 떠난 너는
추억이 되고

바람맞고 떠돈 나는
홍삿갓 되었다

반줄과 템프테이션
아띠도 가고*

가물가물 사십년에
익어간 사랑

골목 골목 숨어 있다
불쑥 튄 미소

가로수길 홍대 지나
머물 곳 찾고
보신각 종 소리
텅빈 가슴 둥둥 울렸다

*반줄 템프테이션 아띠 : 보신각 뒤 관철동에 1980년대
초중반에 있던 경양식 집. 젊은이들이 미팅을 하고
데이트하던 곳이었다.

서울책방

서울을 알고 싶으신가요
골목마다 숨겨진 이야기와
연인들이 사랑 속삭일 장소와
옛사람들이 지나온 발자취와
앞으로 펼쳐질 숨결이 궁금하신가요

서울책방으로 오세요
서울시청 지하 1층 시민청 옆에서
호기심 많은 여러분을 기다립니다

광나루에서 양화진까지 경강 뱃길과
외국인들이 모여 살던 동네와
일제강점기 때 한성의 파괴들을
싼값에 사서 볼 수 있네요
오시면 정말 좋다는 걸 아실 거예요

국립중앙도서관 옛터

감추고 싶었을 것이다
부수고 뒤틀고 빼앗았던
그 죄악 가득한 역사를
화려한 백화점으로 가둬
질식사시키려 했을 것이다

환구단 허물어
철도호텔 짓고
조선총독부도서관 만들어
대한의 얼을 죽이려 했던
그 생생한 현장을

조선식산은행과 함께
흔적도 없이 지워버리려
그 금싸라기 땅, 팔아
주차장 배기가스 중독으로
증거인멸하려 했을 것이다

*롯데백화점 주차장으로 쓰이는 '중구 소공동 6번지'는
환구단 바로 아래로 조선총독부도서관이 있던 자리다.
'국립중앙도서관 옛터'라는 표지석이 보일 듯 말 듯 있다.

김대중도서관

문득
다다랐다

경의선 책거리 찾아가다가
나 여기서 기다리고 있었다고
소근대는 너에게

쉬는 날이라
버선발은 보지 못하고
그냥 돌아서는 눈길을
문패가 맞아 주었다

동교동 178-1
金 李
大 姬
中 鎬

*김대중도서관 : 김대중 대통령이 살던 집에 세워진 도서관.
 아시아 첫 대통령도서관으로 2003년 11월 개관했다.

달맞이봉*

보름달과 한가람이
거북과 토끼 달리기 겨루듯
뒷걸음질이 앞걸음보다 빠른
원더랜드에 온 듯
나그네는 그저 불청객이었다

코로나에 지친 그대여
누구 물러가라
누구 구속하라
외치다 머쓱한 그대여
사랑에 속고 벗에 시달린 그대여

오세요, 이곳에 올라
그저 빙그레 웃어보세요
여기선 시를 읊을 수 없네요
그저 벌어진 입에 따라
오! 와~ 정말…, 만을 되풀이하네요

*성동구 금호동4가 산27에 있는 달맞이봉은 달과 야경,
해돋이 명소로 꼽힌다.

학원공화국

한가위는 없었다
오로지 수능만이 있을 뿐
차례는 조상을 모시는 게 아니라
점수에 따라 기다리는 대학일 뿐

평일 밤 10시와
토요일 오후 2시도 모자라
일요일 밤 8시마저
한티역을 북적이게 만드는 장사진은

너보다 한 점 앞서도록
오로지 점수만을 신으로 모시는
학원공화국 교원복합체의 희생이 되어
가슴 쪼그라든 학생들의 아우성이었다

테헤란로

테헤란로가 젖는 것은
빗물 때문만은 아니다

아무짝에도 쓸모없는
갈비가 주룩주룩 내리는 것은
테헤란에서 들려오는 소식이
아픈 까닭이다

히잡을 제대로 쓰지 않았다는
이유 같지 않은 이유로
스물두 살 마흐사 아미니가
경찰에 끌려갔다가
주검으로 돌아온 날부터

어린이와 노인, 남자와 여자를
가리지 않고, 거리로 뛰어나와
억울한 죽음, 항의하는 것을
테헤란로도 서울로와 함께 하는 것이다

마흔다섯 해 이어져 온
우정을 잊지 못해 푹 젖는 것이다

*테헤란로 : 강남역 사거리에서 삼성동 삼성교까지를 잇는 3.7km,
왕복 10차선 도로. 1977년 테헤란시와 서울시가 자매결연을 맺고
서울에는 테헤란로, 테헤란에는 서울로를 서로 지정했다.

강재구와 선우경식

길은 달라도
길은 하나였다

군인은 죽여야 살고
의사는 살려야 살아도

지킨 건 하나였다
자유와 생명,

내가 죽어
영원이 되고

영원한 삶이
나를 죽였다

*서초구 서초동 1526-1 서울고등학교 교정에 강재구 소령과
선우경식 동상이 있다.

이태원 119-7

눈물 없이는 볼 수 없었다
노랑 하양 녹색으로, 벗들이
살아있어 미안하다고 남긴 쪽지를

먹먹함 없이는 숨쉴 수 없었다
그렇게 좁은 골목에서
그렇게 작은 비탈길에서
그렇게 짧은 순간에
삶과 죽음이 엇갈렸던 아우성을

후들거림 없이는 바로 설 수 없었다
빗발치는 신고전화에도
아무 일 없을 것이라는 타성으로
미어져 무너져내린 엄마의 가슴을

삶과 사랑의 신은 죽고
죽음과 저주의 신이 활개쳤던
2022년 10월 29일 토요일 밤,

158명이 숨 막혀 죽고

198명이 고통스럽게 다친

이태원동 119-7,

해밀턴호텔 옆 골목은

그곳에서 잘 있거라

우리 다시 곧 만날 것이란

채찍만, 유구무언으로 흐르고 있었다

방배그랑자이 놀이터

이럴 수 없는 일이었다
놀이터에서 왁자지껄하게 노는 아이들은
퐁퐁 솟아나는 대한의 생명인데

그게 시끄럽다며
그게 30억 원 아파트값을 떨어뜨린다며
학원 차량이 단지 공기를 오염시킨다며
어린이들이 나들지 못하게 한 폭력은

하나만 알고
둘은 모르는
헛똑똑이들의 돌팔매였다

말없는 다수를
공동피해자로 만든
목소리 높은 소수가 휘두른
아닌 밤중의 홍두깨였다

봉천동 1519-3

헛다리 짚은 것이다
머리에 휘둘려
눈과 발이 헷갈린 것이다

40년이 길었던 것이다
콧대 높았던 청년이
아직도 귀 순하지 못한
어정쩡한 초로初老 되어

이 골목 저 골목 헤매다
막걸리 힘 덕분으로 겨우 만난
네가, 헐떡거리고 있었다

꿈 키우던 그들 모두 떠난 뒤
불 꺼지고 자물쇠 채워진
너는, 인수人壽 다 하고
건생建生을 마무리하고 있었다

*대학 다닐 때인 1983년부터 5년 정도 살았던 빌라가 있던 곳.

젊음의 거리*

젊음의 거리에 젊음이 없었다
붕어빵에 붕어 없고
노인의 날에 노인 없듯

젊음의 거리는
젊음을 멀리한 채
드문드문 가게들만
삶을 하소연하고 있었다

젊음이 돌아오는 날
젊음의 거리도
되살아날 것을 알지만

젊음을 끌어모을 비단주머니를
아무도 마련하지 않아
젊음의 거리는 오늘도
찬 바람이 낙엽과 숨바꼭질만 할 뿐이었다

*젊음의 거리: 종로구 관철동 13-22에 있다.

길상사 수녀

관음보살은 수녀입니다
아무 걱정 하지 말라며
시무외인施無畏印 보이며

감로수 가득 담긴 정병을
왼쪽 가슴에 살포시 안고
아무런 구김살 없이 흘러내린 옷으로
발가락 열 개 그대로 드러낸 채
소박하게 웃고 있습니다

두 눈의 미소와
오뚝한 코의 중용과
귀 기울임과 입술의 다짐,
아름다운 보관의 믿음으로

부처되기를 미룬 관세음보살이
나뉘고 찢긴 종교의 벽을 허물고
중생과 함께 비를 맞고 있습니다

신고서점

신고서점은 광산이다
1969년 12월 10일에 만든
정가 450원짜리
『그리고 아무 말도 하지 않았다』를*
53년 걸려 3만5천 원에 캤다

온라인중고서점에서 10만 원이라는 말에
환호성이 활짝 피어나고

신고서점은 바다다
목포 울릉도 제주 상주에서 몰려온
'묵은 종이와 활자의 향기'가*
지하 1층부터 4층까지 차곡차곡 쌓여
새 주인 품에 안기자

지구에 가린 달도 천왕성을 가리며
설레는 만남에 손 내밀었다

*전혜린(1934~1965)의 유고 수필집 제목.
*도봉구 쌍문동 422-62, 덕성여대 앞에 있는 신고서점의
캐치프레이즈.

도봉산 Y계곡

40년은 길었다
팔과 다리로만 성큼성큼 오르내렸던
Y계곡은
가슴과 무릎, 머리까지 요구했다

이쪽은 포대정상으로
저쪽은 자운봉으로 나눈
골짜기, 만월암으로 흐르며

사람의 발길을 거부하는 곳
힘들지 않은 건 없었다
다람쥐인 듯 사뿐사뿐 오르는
건각은 지긋한 노인,

부끄러운 건 단풍이었다
허파와 염통으로 오른 418계단이
발갛게 헉헉대며 물들고 있었다

도봉산장 할머니

커피 그라인더가 돌아간다
독일에서 태어나 도봉산장에 온 지
어느덧 서른일곱 해

첫 바퀴는 50년의 회한처럼 뻑뻑하고
두 번째는 다가오는 겨울 걱정에 멈칫하고
세 번째는 으레 그렇듯 술술 돌아갔다

넷 다섯 여섯 일곱…
로즈버드 원두가 다 갈리자
풍선에 바람 빠지듯 후루룩 돌고,

무서울 것 하나도 없는
여든네 살 조순옥 할머니가 끓여주는
세상에서 가장 맛있는 3000원 원두커피!

날마다 새롭고도 편안한 옛집을*
가득 채운 통나무 탁자와 의자가
불 꺼진 벽난로를 쓰다듬고 있었다

*도봉산 천축사天竺寺 아래 도봉산장에 걸려 있는 추사 김정희의
글씨, 신안구가新安舊家.

신랑각시바위

자기야 뭐가 보여~
자기의 눈동자 속에 펄떡이는 마음이유…
그려, 나만 믿어야 뎌~
그러믄유, 지는 은제나 자기 것인디유…
이러케 늘 마주 보고 있으니 증말 좋쥐?
야~, 근디 보고만 있고 뽀뽀도 못하니 아파유…

살랑살랑 넘실거리는 봄바람 타고
달님이 맺어준 꽃두레 꽃두리 바위의
사랑 노래가 가슴 저미게 들려온다

하늘을 함께 이고 살 수 없는 집안 때문에
죽도록 사랑하면서도 신랑과 각시가 되지 못한
꽃두레가 호암산에 올라 목숨을 끊으려 했고
꽃두리는 뒤쫓아 두 손을 꼭 잡고 다시는 떨어지지 말자며
다짐했다, 달님이 증인이 되어 바위로 만들어 주었다

조금만 참어, 사람들 눈이 많응께~
그류, 우리의 수호천사인 달님을 기둘려야쥬…
새해엔 복덩이 낳아야쥐~
몰러유, 그걸 내가 우터케 안대유…

*신랑각시바위 : 금천구에 있는 호암산虎巖山(393m) 정상에서
호암산 성터를 지나 석수역으로 내려가다 오른쪽에 있다.
꽃두레와 꽃두리는 처녀총각의 우리말.

시흥동 은행나무

사람의 역사는 짧고
은행나무의 답답한 증언은 길었다

군사부일체를 누렸던
정조의 품격 높은 시흥환어행렬이 개발귀신에 쫓겨
발자취 하나 없이 사라진 곳에

즈믄 해 가까이
한 자리에서
흥망성쇠를
한소리로 지켜보고 있었다

아홉온 살 잡수신
은행나무 세 어르신께서
시끄러운 욕심을 정화하시려고

하늘과 땅의 힘을 모아 맺은
알갱이들이 헛되이 죽어가는 것을 보면서

*금천구 시흥5동 금천현 관아터와 정조 때 시흥행궁이 있던
 자리에 남아 있는 880여 년 된 은행나무 3그루가 남아 있다.
 즈믄은 천千, 온은 백百의 우리말.

120

남북사랑학교*

사정은 사람마다 달랐다
태어난 때와 태어난 곳에 따라
고민이 달랐지만, 결과는 비슷했다

지식이 없다, 북한이탈주민이다, 제3국출신이라는 이유,
쏟아지는 차별을 이겨내기 위해 이를 악물었다

아들에게 초등학교도 졸업하지 못한
엄마로 남는 게 두렵고 부끄러워 용기냈고

자녀와 가정을 위한 삶에서
내 스스로의 삶을 찾기 위해 어려움을 벗 삼았다

따뜻한 사랑이 벽을 허물고
앞날을 꿈꾸며 준비할 수 있게 만든 힘이었다

북한을 떠나온 청년들에게 배움의 길을 주어
통일한국의 주인공으로 키우는 것은
한 번 심어 백 번 거두는 큰 뜻이었다

*남북사랑학교 : 탈북 과정에서 학업 시기를 놓친 청소년들에게
맞춤교육을 제공해 한국사회 정착에 도움을 주고 통일한국을 준비하기
위해 (사)남북사랑네트워크가 2016년에 설립했다. 구로구 오류동
11-50 예원빌딩 4,5,6층에 있으며, 2023년 2월 21일에 제6회
졸업식을 열었다.

일자산의 하소연

바람에 하소연이 묻어나더군
더디 오는 봄
방에서 기다리기 안달 나
일자산*으로 마중 나가봤더니

파란 꿈 파릇파릇 피어나더군
아까시 베어내고 소나무 심어
한겨울 하얀 눈 속에서도
퐁 퐁 퐁 피어나는 솔내음 보며

맨발로 사뿐사뿐 걸어보자더군
억센 가시로 다친 산 고치고
거친 뿌리로 죽은 넋 살리고
짙은 향기로 잃은 얼 되찾아

봄에는 불끈불끈 거듭남을 깨닫고
여름엔 쑥쑥쑥 뻗어나는 힘 기르고
가을엔 포동포동 익는 겸손 배우고
겨울엔 딴딴한 씨알의 뜻 본받자더군

*일자산一字山 : 강동구 둔촌동과 경기도 하남시 초이동을 끼고
남북으로 5km 정도 이어진 해발 134m의 야산. 남쪽엔 하남시
감북동, 북쪽엔 상일동과 이어진다.

장희빈 우물터

역사는 지키는 것이다

해와 달이 수없이 떴다 지는 동안

비 바람 눈보라에 휩쓸리고

사람들 폭력에 쓰러지기 쉬운

역사는 지키지 않으면 사라진다

안산鞍山과 궁동宮洞 산자락이

북쪽과 왼쪽 오른쪽을 푸근하게 막아

닭이 알을 품는 둥지처럼 따사로운 곳을

눈 밝은 사람이 찾아내 연희궁을 지었던 역사는

궁동과 장희빈우물터로만 남아 있다

역사가 떠난 뒤엔

왕이 세 명 나올 땅이라는 전설과

정말 왕이 세 명 나왔다는 소문이

개발제한이란 딱지를 달고

사러가쇼핑센터를 타고 퍼진다

*장희빈우물터 : 연희동 108-3 주택가에 있다.

용마산 곤줄박이

문득 네가 다가온 것이었다
용마산에서 망우리 가는 묏 길
발 쉼 하려 앉아있는데
벗하자며 코앞 가지까지
다가와 말을 건네는 것이었다

봄이 오는 길목, 느닷없는 북극 한파에
너는 할 일이 많은 것이었다
겨울잠 자던 생명들이 기지개 켜고
솔씨 풀씨도 싹트기 몸 푸는 때
보릿고개 날 한 톨이라도 챙겨야 하는

엄마와 아빠의 마음이
두려움을 이긴 것이었다
손에 올려놓은 땅콩 쪼으려 날아든
여리되 단단한 너의 발가락이
힘차게 살아야 한다며 꼭 쥐는 것이었다

*곤줄박이 : 우리나라 전역에서 사는 참새 크기의 텃새.
'곤'은 까맣다는 '곰'의 뜻이고, '박이'는 박혀있다는 뜻이다.
예쁘고 사람을 피하지 않아 많은 사랑을 받는 새다.

사병묘역에서 장군을 만나다
—종시

새해엔 동작동 국립현충원에 가자
내 것을 버리지 못하고
남의 것마저 가지려다
망신살 옴팡 쓴 사람들이여

새해엔 국립현충원에 가서
모든 것 내려놓아
더 많은 것 얻은
채명신* 장군을 만나보자

장군 묘역에 넓은 땅 차지할 수 있는
권리를 스스로 버리고 생사를 달리한
빚을, 미안함을 늦게라도 갚으려
사병 묘역에 유택을 마련한 그 마음

새해엔 국립현충원에 가서
대한독립군 무명용사위령탑에 술 한잔 올리고
무후선열제단에서 고개 숙인 뒤
애국지사묘역 돌아 그 마음 느껴보자

*파월한국군사령관 채명신蔡命新(1926~2013) 장군은
베트남 참전용사들과 함께 하겠다며 장군 묘역을 버리고
동작동 국립현충원 제2묘역에 유택을 마련했다.

125

홍찬선은 역사주의와 현장주의로 서울을 시詩의 수도로 완성하였다

민윤기(시인, 문화비평가)

1

서울은 원래 한 국가의 수도를 뜻하는 순수한 우리말의 일반명사이다. 신라의 수도였던 서라벌이나 고려의 수도였던 개성도 모두 '서울'이라고 불렀고, 조선 왕조의 수도였던 한양 역시 서울이라고 불렀다. 그러다가 서울이 지금처럼 수도이자 지명을 겸하는 제도상의 공식 명칭으로 쓰이기 시작한 때는 일제로부터 광복된 지 1년이 되는 해인 1946년 '서울시헌장'을 발표하면서부터였다.

흥미있는 사실은, 서울역사박물관에 전시되어 있는 조선왕조의 건국 과정을 훈민정음으로 노래한 '용비어천가'에 보면, 백제 시대에는 위례성 또는 한산으로, 고구려 시대에는 남평양南平壤, 북한산군北漢山郡, 통일신라 시대에는 한산주漢山州, 한주漢州, 한양군漢陽郡, 고려 시대에는 양주楊州, 남

127

경南京, 한양주漢陽州로, 이성계가 건국한 조선왕조 시대에는 한양漢陽, 한성부漢城府로 불렀다는 대목이 나온다. 또한 일제강점기 시대에는 경성부京城府라고도 불렀다. 뿐만 아니라 중국 상해에 망명정부를 꾸렸던 대한민국 임시정부도 명목상의 수도는 서울로 두었다. 북한정권 역시 1948년 제정된 최초의 헌법에서는 "조선민주주의인민공화국의 수부首府는 서울시"라고 했다가 1972년 개정된 헌법에서 수도를 평양으로 바꿀 때까지 명목상의 수도를 서울이라 하였다.

이처럼 1946년에 행정명이 '경성부'에서 '서울시'로, 다시 '서울특별시'로 바뀐 지도 벌써 80년에 가까워졌고 인구 1천만 명에 달하는 지도 꽤 오래되었다. 그런데도 아직도 서울을 주제로 씌어진 괄목할 만한 시집은 별로 없다는 것이 아쉽다. 물론 하상옥 시인이 트위터에 공개했던 단 두 줄의 짧은 글들을 모아 엮은 『서울시』(2013, 중앙북스), 「만리동 책방 만유인력」「경희궁을 산책하는 법」「광희문에서 출발한 순성巡城선 놀이」 같은 시를 모아 엮은 전장석 시집 『서울, 딜쿠샤』(2021, 상상인)가 있기는 하다.

따라서 홍찬선 시인이 이번에 『서울특별詩』를 세 권째 시집으로 출간하는 일은 대단히 큰 문화적 빅뉴스라고 할 수 있다. 홍찬선 시인은 2020년 8월부터 2023년 5월까지 4년째 '월간시'에 「서울특별詩』를 계속 연재하고 있는 것이다. 이 작업은 문학을 넘어 문화적으로도 사회적으로도 유의미한 훌륭한 작업을 수행하고 있다고 칭찬할 만한 일이다. 홍찬선 시인이 서울을 구석구석 찾아다니며 써 온 서울시

詩는 이번에 출간하는 『서울특별詩3』을 포함해 이미 3백 편이 넘는다. 하지만 시인 자신도 이 작업이 언제, 어디까지, 어떤 모습으로 계속 이어질지 모르는 것 같다. 왜냐하면 홍찬선 시인의 『서울특별詩』 시집 머리말에 수록된 '시인의 말'을 보면 추측할 수 있기 때문이다.

서울시는 삶입니다.
서울특별시는 인생입니다.
서울특별詩는 사랑입니다.
─「서울특별詩3」 '시인의 말'에서

서울특별詩를 쓰는 동안
서울시장이 바뀌고 정권이 교체되는
역사의 변화와 시대의 흐름을 체험했습니다.
이제 코로나와 시원하게 이별하고,
대한민국은 명실상부한 자유민주주의 국가로 직진할 때입니다.
서울의 시광詩鑛에서 보물을 찾는 작업을 계속하겠습니다.
─「서울특별詩 2」 '시인의 말'에서

2

배우 김영철 씨가 진행하는 '동네 한 바퀴'라는 예능프로를 처음 보았을 때는, 딱히 내세울 만한 흥미 요소가 보이지 않아 좀 심심하다는 인상을 받았다. 그러다가 특별히 볼만한 프로가 없을 때마다 보게 되었다. 그때마다 김영철 씨

가 동네 골목과 골목을 기웃거리며 동네 사람들을 만나 무
슨 말을 나누는지 차츰 관심을 갖기 시작하면서 어느새 이
프로의 단골이 되다시피 빠져들었다. 특별히 꾸민 것 같지
않은, 연출의 냄새가 나지 않는, 그리고 방송 인터뷰에 늘
나오는 명사라는 사람들처럼 닳고 닳지 않은 동네 사람들
과 꾸밈 없이 만나는 이 프로의 진행방식이 좋아졌던 것이
다. 특히 프로를 진행하는 김영철이라는 배우의, 잘난 척하
지 않는 태도와 우리 동네 이웃 아저씨 같은 캐릭터가 좋
았다. 말하자면 '동네'는 아름다운 드라마의 무대인 동시에
'자세히 보아야 예쁜 것'이 보이는, 숨겨놓은 보물을 찾아내
는 듯한 이야기가 이 프로의 매력이었다. 마냥 직진하듯이
바쁘게 산 사람들이 동네 한 바퀴를 돌아보는 여유만 있어
도 자신의 삶이 풍요로워질 수 있다는 사실을 깨닫게 되는
내용이 이 프로의 좋은 점이었다. 김영철 씨의 바톤을 이
어받아 진행하는 씨름선수 출신의 이만기 씨 역시 '동네 한
바퀴'에 안성맞춤인 캐릭터처럼 느껴졌다.

나는 이 프로 말고도 '어서 와 한국은 처음이지'라는 프로
도 흥미있게 보고 있다. 한국에 살고 있는 외국인 방송인
들이 자기 모국에 있는 친구들을 초대해 그들이 난생 처음
한국에 와 이곳저곳 여행하면서 벌이는 해프닝을 날것처럼
소개하는 프로다. 난생 처음 한국이라는 나라에 와서 보고
느끼는 외국인들의 행동과 시선을 통해 어쩌면 우리가 몰
랐던 한국의 모습을 보게 되는 것이 신기하고 흥미로웠다.
'동네 한 바퀴'나 '어서 와 한국은 처음이지'의 예를 굳이 든
이유가 있다. 2020년 8월호 '월간시'에서 처음 「서울특별

『詩』의 연재를 기획할 때 이 프로의 진행방식을 참고했었다. 편집자는 서울의 역사적 유적이나 남아 있는 전설의 현장을 소개하면서 일방적인 메시지를 전달하지 않고, '동네 한 바퀴'와 '어서 와 한국은 처음이지'에서 하는 방식처럼 서울을 시로써 표현하려고 하였다. 그래서 서울의 과거와 현재, 사람과 역사, 문화와 시대를 시로 쓸 시인으로 홍찬선 시인을 선택하였다. 왜냐 하면 홍찬선 시인은 자신이 정한 테마를 집중해서 취재한 서사시집을 이미 열 권 이상 발표한 것처럼 역사적 소재의 관심이 남다른 시인이었기 때문이었다. 예상대로 홍찬선 시인에게는 역사적 현장주의가 궁합처럼 잘 맞았다. 서울과 시는 잘 맞는 궁합이었고 최적의 융합이었던 셈이었다. 게다가 꼬박꼬박 골목골목을 찾아다니는 작업을 할 수 있는 강건한 발과 그 현장을 발굴하는 내공의 실력이 있었다.

따라서 "역사의 현장을 취재한 시집이 발표될 때마다 우리 시대의 새로운 역사주의 시인으로 주목받으면서 특별하고 소중한 작업을 하고 있는 홍찬선 시인의 '서울특별詩'를 연재합니다. 이것은 시로 쓰는 '서울사용설명서'요 '서울人터뷰'요, 시로 파헤치는 '서울人특별시'이자, 사람과 역사의 서사가 담겨 있는 '서울특별詩'입니다"라는 편집자의 글을 「홍찬선의 연재시 서울특별詩」에 첨부하였다. 이에 대해 홍찬선 시인은 '시작노트'로 맞받았다. "서울은 양파입니다. 안다고 가보면 전혀 새로운 것들이 쑥쑥 나옵니다. 까면 깔수록 모르는 게 많아져 당황합니다. 역사와 삶이 고스란히 녹아있는 결이 수없이 숨 쉬고 있습니다. 결 따라 발걸음을 옮겨 껍질 벗기기에 나섭니다."

3

이번에 출간하는 『서울특별詩 3』에는 연재를 시작할 때의
편집자의 바람은 물론 홍찬선 시인의 초심이 더욱 굳고 깊
게 표현되어 있다. 어떤 시는 유머러스하고, 어떤 시는 들
이대는 식으로 정색하고, 또 어떤 시는 매섭고, 또 어떤 시
는 짐짓 딴청하는 듯한 매력을 보이면서 말이다.
예를 들면 이런 작품들이다.

그곳을 아시나요?
민중의 지팡이인 경찰이
권력의 앞잡이가 되어
첫 방아쇠를 당긴 곳
무고한 시민 100명이 쓰러졌던 곳
(…중략…)
그곳을 꼭 찾아보세요
문 열린 청와대를 먼저 봐야 한다며
안으로만, 오로지 안으로만 달려가지 말고
분수대 앞, 바닥에 코딱지만 하게 붙어있는
4.19 최초발포현장 동판이 확 커질 때까지

그곳에서 만나 보세요
그날, 자유와 민주를 위해 목숨 바친
어린이 학생 시민들의 얼과 넋을

잠깐 멈춰 자기들 바라보도록
간절히 원하는 그들의 눈동자를

─「국민을 향해 총을 쏘았다」 일부

이 작품은 4.19혁명 당시 대통령 관저 경무대(청와대의 당시
이름)로 진출하려는 성난 데모대를 향해 무차별 총격을 해
대던 광화문 발포 현장을 그린 작품이다. 잘못된 역사에 대
해 저격한 것으로, 불필요한 수식어나 화려한 수사법을 취
하지 않고 짧은 행과 행의 직접화법을 채택한 작품이다. 그
런가 하면, 충청도식 느긋함과 눙치는 맛이 나는 이런 작
품도 있다.

괜찮아유
별 것 없다는 건 가슴이 닫혔다는 것,
마음을 열면 보일 거여유

도롱뇽이 전하는 말과
가재와 버들치와 개구리가
솔바람과 어울려 보내주는
멋들어진 노랫가락 말이에유

잉어가 뛰놀던 연못엔
고만고만하게 키재기 하며
하얀 얼굴에 볼연지 찍은
고마리가 지난 사연을
한마디 풀어 놓더군유

그저 벗어나 보세유
발이 부르는 대로
마음이 닿는 대로
멀다는 건 뜻이 없다는 것,

이렇게 좋은데
누리지 않고 그냥 보내는 건
아프고 아깝잖아유
양잿물도 마신다는 공짜인데 말여유
―「백사실 계곡」 일부

서울 자하문 고개 넘어 종로구 부암동 북악산 자락에 있는
백사실 계곡은 도심 속의 비밀정원 같은 곳이다. 조선왕조
명재상으로 유명한 백사 이항복의 호를 딴 계곡인데, 작품
에도 등장하는 도롱뇽, 가재, 버들치 같은 물고기들과 개
구리들이 서식하는 청정지역이다. 아무런 준비 없이 운동
화 신고 가벼운 마음으로 걸을 수 있는 매력적인 산책로가
있는 곳이다. 홍찬선 시인은 이곳에 가서 "괜찮아유/ (사는
게) 별 것 없다는 건 가슴이 닫혔다는 것/ 마음을 열면 보
일 거여유"라고 짐짓 훈수 두는듯한 메시지를 충청도 사투
리로 친근하게 담아 놓은 것이다.

4

『서울특별詩 3』에는 정치 사회 문화 역사 등 여러 분야에
관련된 현장을 다룬 시들이 많지만 그 중에서 문학과 문학

인과 관련된 시들이 여러 편 눈에 띈다. 예를 들면 지난해 별세한 이어령 교수와 천재 수필가로 불렸던 독문학자 전혜린, 윤동주 시인, 그리고 한글을 창제한 세종대왕 관련된 시들이다.

사람이 가니
길이 생겼다

집 하나도 없던
산 중턱에 외딴집을 짓고
48년 동안 살았던 것을 기념하는 일이었다

『흙 속에 저 바람 속에』 등
100여 권의 저서를 쓰고
게오르규 루이제 린저 같은
세계적 석학들이 찾아온 바로 그 집을

'영인문학관'으로 꾸며
원고 초상화 편지 서화 사진 등을
전시하는 것은 새로운 역사로 만들었다

길이 생기니 사람이 다니고
사람이 다니니 길이 더욱 넓어졌다
　　┘「이어령길」 전문

'영인문학관'은 이어령 교수 이름의 '영'자와 부인 강인숙의

'인'자를 합쳐 지었는데, 소장 자료의 대부분은 이어령 교수가 1972년 '문학사상'을 창간한 후 1985년 주간을 그만둘 때까지 표지에 실었던 104점의 문인 초상화를 비롯해 '문학사상'에 게재되었던 수많은 문학인들의 육필 원고가 항상 전시되어 있다.

> 사람은 가도
> 추억은 남는다
>
> 새해의 부푼 꿈
> 늦은 소한 추위에 꺾였어도
>
> 사랑하는 어린 딸
> 가슴에, 못 박았어도
>
> 새침떼기처럼
> 집이, 얼굴 바꿔도
>
> 추억은 흘러도
> 사람은 남는다
> ㅡ「남학동 25번지」

서울시 중구 퇴계로 부근에 있는 '남학동 25번지'는 서른 두 살에 요절한 수필가 전혜린(1934~1965)이 살았던 집터이다. 전혜린 교수는 어느날 갑자기, 마치 우주에서 날아온 외계인처럼 짧지만 선명하게 이 땅에서 사랑하다 요절한 천재 수필가이다. 죽은 지 60년이 가까운데도 지금도 그를 그리워하는 독자들이 많다.

홍찬선 시인은 전혜린이 남겨놓은 시를 여러 편 찾아낸 후 그의 생애를 취재하던 길에 이 집터를 찾았던 모양이다. 단순하고 소박한 이 작품의 매력은 첫 구절 "사랑은 가도/ 추억은 남는다"와 마지막 구절 "추억은 흘러도/ 사람은 남는다"의 절묘한 수미대구首尾對句에 있다. '사람은 가고 추억도 흐르고' '추억도 남고 사람은 남는다'는, 인생의 진실을 단두 구절로 요약한 표현이 기막히지 않은가.

보이시나요
하늘 뚫고 별을 향해 우뚝 솟은
하늘과 바람과 별과 시,

멋지게 품은 윤동주 시비가
들리시나요
사람에서 사람으로
살랑살랑 바람 타고 다가오는
윤동주 시인의 힘찬 노래가

느끼시나요
쓰레기 매립장에서 꽃 피고 새 우는
하늘공원이 만들어진 기적 속에
별 빛나고 시 펼치는 가슴 벌렁거림이

윤동주 시공원이 태어납니다
하늘과 바람과 별과 시를 노래하고
잎새에 이는 바람에도 부끄러워했던
윤동주가 순국 80년을 넘어 되살아납니다
—「윤동주 시공원」 전문

물론 아직은 서울 상암동 하늘공원에 '윤동주 시공원'은 없
다. 그러나 「서시」라는 제목으로 잘못 알려진 윤동주 시인
의 대표작 「하늘과 바람과 별과 시」 시비를 2025년까지 세
우자는 운동을 펼치고 있는 서울시인협회와 이를 지지하는
시인들을 규합하여 청원운동에 앞장선 홍찬선 시인이 이
작품으로 '윤동주 시공원'을 선언한 셈이다. 2,054명 시인
들의 꿈이 꼭 이루어지길 염원한다.

5

『서울특별詩 3』에 수록된 시를 한 편 한 편 읽다 보면 이곳이
도대체 어디지? 하고 궁금해지는 장소들이 꽤 많다. 마치 홍
찬선 시인이 독자들에게 "서울 어디까지 가봤어요?"하고 질
문한, 다음 시에 등장하는 '서울함공원'이라는 곳도 그런 장
소 중의 하나다. 대한민국은 우리 국민 모두 다 알고 있듯이
3면이 바다다. 따라서 '3면의 바다를 지켜온 서울함(호위함)
과 참수리 고속정, 돌고래급 잠수함 등 군함이 전시된 공원
이라면 해군사관학교가 있는 군항 진해나 항구도시 인천일
것이다.'라고 상상하겠지만, 이곳이 바로 서울에 있다는 것
을 아는 이가 얼마나 될지 모르겠다. 서울함艦공원은 있는

곳은 서울 상암동 하늘공원 동쪽 망원동 한강가이다.

　전쟁을 잊은 사람은
　평화를 잃는다는 것을
　익어가는 가을이 알려주고 있다

　엄마 품에 안겨 옹알이하는 애기
　함박웃음 연에 띄워 하늘과 얘기하는 아이들
　뭉게구름보다 더 부풀게 사랑 키우는 연인들

　거친 물살 헤치며
　맡았던 일 모두 마치고
　조용히 쉬고 있는
　서울함
　참수리호
　잠수함이

　지긋이 알려주고 있다
　전함은 은퇴할 뿐 죽지 않는다고
　평화는 거저 주어지는 게 아니라고
　─「서울함공원의 평화」전문

맨 첫 구절에 두 줄 "전쟁을 잊은 사람은/ 평화를 잃는다는 것을"이 이 시의 분명한 메시지다. 정치가들이나 교수들, 이른바 지식인이라는 사람들은 복잡한 셈법으로 '평화'를 이야기한다. 하지만 이 시의 첫 두 줄이 말하는 '평화'는 담

론이 아니라 실천 목표다. 마지막 두 줄, 맥아더 원수가 미 의회에서 한 연설을 연상시키는 구절도 시사하는 점은 분명하다. "전함은 은퇴할 뿐 죽지 않는다고/ 평화는 거저 주어지는 게 아니라고"

> 땅에도 운명이 있다
> 배움터에는 학교가 서고
> 고침터에는 병원이 살고
> 놀이터에는 사랑이 핀다
>
> 동궐 밖 낙산 아래
> 배꽃 흐드러지게 설레던 곳
> 윤선도 시심이 자랐던 집터에
> 김상옥 의사가 항일의 뜻을 키웠고
> 해와 달이 수없이 떴다 진 뒤에
> 서울대학교 문리대가 들어서
> 이어령 전혜린 김지하 등이
> 대한의 문학을 꿈꾸었던 곳
> ─「마로니에공원」 일부

6,70년대 대학을 다닌 분들이라면 현재 대학로로 불리는 그곳에는 그리운 추억을 간직한 사람들이 많을 것이다. 특히 마로니에공원과 학림다방은 6,70년대 소인이 찍힌 우표처럼 소중한 추억의 보물창고 같은 곳이다. 그 마로니에공원을 홍차선 시인은 '학교' '병원' '놀이터' '낙산' '윤선도' '김상옥 의사' '서울대학교' '김지하' 같은 시어를 통해 그 시절

의 청춘을 불러 그곳을 지성의 거리로 복원하려는 홍찬선 시인의 마음이 읽혀진다.

올해도 산타는 오지 않았다
거침없이 달리는 자동차가 무서웠을까
양재대로 북쪽, 개포 고층아파트 단지까지는 왔을
산타는 크~은 길 너머 구룡마을을 끝내 외면했다

하느님의 사랑에도 온도차가 있다
영하 13도로 떨어뜨린 시베리아 고기압이 싫었을까
인적 끊어진 골목에는 도둑고양이와 찬바람이
정 고픈 낙엽을 괴롭히고 있다

(…중략…)

집요한 동장군을 막지 못할 짜깁기 벽이
이쪽과 저쪽의 깊은 계곡으로 흘렀다
정 고픈 낙엽이 오돌오돌 떨며 해님 기다렸는데
올해도 산타는 오지 않았다
─「산타는 오지 않았다 구룡마을에」 일부

처음의 제목은 「구룡마을에 산타는 오지 않았다」였는데 '산타는 오지 않았다'를 앞에 내세웠다. 구룡마을보다는 오지 않은 산타를 강조하자는 의도 때문이다. (이 땅의 어린이들이라면) 누구나 기다렸을 산타가 사실은 춥고 궁핍한 사람들이 모여 사는 구룡마을 아이들이 더 학수고대하고 있을지도 모른다. 그래서 이 작품은 반드시 구룡마을에 산타

가 와야 한다는 희망의 메시지를 담고 있다. "개포 고층아
파트 단지까지는 왔을/ 산타는 크~은 길 너머 구룡마을을
끝내 외면했다"는, 편견처럼 보이는 시인의 메시지가 마음
을 아프게 한다. 시인은 꼭 합리적인 사상의 소유자일 필요
는 없다. '편견'은 시인의 권리일 수도 있다는 생각을 품게
하는 작품이다.

사랑을 자물쇠로 가둘 수 있을까요
목멱산 꼭대기 전망대를 가득 채운
자물쇠들을 볼 때마다
의문이 불쑥 떠오르네요

사랑의 유효기간은 얼마일까요
자물쇠로 단단히 채운 사랑의 증표가
다른 사람들의 부러움을 잔뜩 받고
사랑은 빛나기만 할까요
사랑은 증명해야 하나요
마음을 꺼내 보여줄 수 없으니
보이지 않는 마음을 자물쇠로
꼭 꼭 꼭 채워둬야 안심할까요

사랑은 열쇠로 활짝 여세요
채우기만 하면 노예가 됩니다
사랑은 죽이는 자물쇠가 아니라
사랑은 살리는 열쇠가 어울리잖아요
　　―「사랑의 열쇠」 일부

사랑의 유효기간을 묻는 제목의 영화도 있었다.「사랑의 열쇠」는 홍찬선 시인의 시에서는 흔히 볼 수 없는, 아이러니와 반어적 표현이 통통통 튀는 시다. "사랑은 자물쇠로 가둘 수 있을까요" "사랑의 유효기간은 얼마일까요" "사랑은 증명해야 하나요" 말잇기 같은 구절이 사랑의 불가해성을 가볍고 상큼하게 잘 표현하고 있다.

6

홍찬선 시인은 2016년부터 시집을 내기 시작하여 이 시집을 포함, 모두 15권의 시집을 출간하게 되었다. 너무 다작하는 게 아니냐고 지적할 수도 있지만 홍찬선 시인이 한 편의 시를 쓰기 위해 기울이는 노력을 바로 옆에서 지켜본 사람으로서는 충분히 이해할 뿐만 아니라 경이적인 느낌도 받고 있다. 아니 더 정확하게 말하자면 경외하고 있다.

그렇게 왕성하게, 열정적으로 시를 쓰는 홍찬선 시인의 장점은 탐구력과 집중력이다. 그는 끊임없이 관련 서적을 탐독하고 탐독한 끝에 단서를 찾아내고, 그 단서를 찾아 현장을 찾는 행동을 반복하고 있다. 이 반복적 활동을 통해 생산하는 그의 시를 떠받치는 기둥은 역사주의요 현장주의다. 오랫동안 신문사에서 취재기자를 일한 경력이 동력이 되고 있다. 그런 길을 현재로선 한 마디로 단정할 수는 없다. 홍찬선 시인의 역사주의와 현장주의 시가 지향하는 길을 한 마디로 단정할 수는 없겠다. 자유, 민주, 민족, 사랑,

미래 이런 말로 짐작할 수 있을 뿐. 왜냐 하면 아직은 완성이나 종착역을 말할 단계가 아니라 현재 진행중이기 이기 때문이다. 홍찬선 문학이 만개하고 제대로 평가를 받는 날이 오면 아마도 한국 현대시의 독특한 자산으로 재평가해야 할 것이라고 예단할 수 있다.

『서울특별詩 3』을 출간하는 홍찬선 시인을 더 잘 이해하려면 그의 시적 수원水源이 되고 있는 역사주의 현장주의 시를 독자에게 알려드리는 일도 필여하다고 판단되어 그 시집 중에서 몇 권을 간략하게 소개한다.

제3시집 『길－대한제국 진혼곡鎭魂曲』은 잊혀진 '대한제국의 영광된 역사'를 다시 찾아 대한제국의 자긍심을 되살리고, 머지않은 장래에 반드시 이루어질 통일을 대비하기 위해 쓴 시집이다. 문학평론가 정유지는 "진혼곡은 죽은 사람의 넋을 달래기 위한 미사음악을 말한다. 하지만 『길－대한제국 진혼곡』은 비참했던 과거사에 대한 관념적 넋두리 혹은 대안 없는 분노가 아닌, 일제강점기 때 무참하게 살육당한 영혼들에 대한 진혼곡이자, 과거와 현재가 공존하고 있음을 사유하고, 역사의 한 시대가 아니고 현재를 살고 있는 우리들의 숙제를 과감히 해결하고 풀어가고 있는 진혼곡으로 평가할 수 있다."고 평가했다.

제4시집 『삶 － DMZ해원가解冤歌』는 한반도에서 거세게 불고 있는 평화 바람을 노래하는 시집이다. 끊어진 허리가 하루빨리 다시 이어져 생이별의 고통에 신음하는 이산가족의 한을 풀어주고, 단절된 민족의 역사와 문화를 하나로 이어 21세기의 세계 주인공으로 우뚝 서기를 바라는 마음을 전하기 위해 155마일 DMZ뿐 아니라 낙동강 전선 등 6·25전쟁 후방 격전지도 누비며 시상을 명쾌한 필치로 그려냈다.

제5시집 서사시 『얼-3.1정신 혼찬송魂讚頌』은 꼭 100년 전 1919년 3월1일에 평화적인 대한독립 만세운동(3.1운동)이 일어나 40여일 뒤 4월11일 대한민국 상해임시정부가 수립된 것을 서사시로 쓴 시집이다. 홍찬선 시인은 3.1운동을 가리켜 "그것은 하늘의 목소리였다/ 그것은 대한의 자유와 독립 되찾으라는 신의 약속, 그것은 우리가 우리임 확인하고 하나된 함성이었다/ 1919년 3월1일 정오 이천만 동포 한 마음 한 뜻으로/ 평화롭게 용동聳動했던 촛불혁명 발원지였다"고 「서시」에 쓰고 있다.

제7시집 『꿈-남한산성 100처處 100시詩』는 그동안 '병자호란'과 '식민사학' 프레임에 갇혀 있던 남한산성을 구하고 그런 역사적 폐단을 통쾌하게 저격한 시집이다. 홍찬선 시인은 이 시집을 통해 "성벽 안의 땅 속과 성벽 밖의 가파른 등산로를 가슴으로 밟아보라"고 강권하며 "남한산성은 역사 우울증을 이겨내고 역사긍정주의로 역사를 재구성하는 아주 좋은 터"라고 말한다. 문학평론가 심상운은 "100편의 시가 펼치는 남한산성의 역사와 풍광의 파노라마"라고 찬탄하는 평설을 쓰기도 했다.

제8시집 『가는 곳마다 예술이요 보는 것마다 역사이다』는 코로나19로 여행객이 뚝 끊긴 문화재 현장을 찾아다니며 쓴 시집이다. 독도에서 시작해 수원화성, 동강 어라연, 주왕산 주산지, 운주사 와불, 공주 무녕왕릉 등 역사의 유산이 있는 현장에서 잊었던 역사를 되돌아보았다. 이런 취재 방식을 가리켜 홍찬선 시인은 "직접 가서 거기서 배운 것을 글로 바꾼 발로 쓴 시, 시발(詩足)로 쓴 시"라고 명명했다. 이충재 문학평론가는 평설에서 "문학과 문화의 종합센터로서의 기능적 시도라고 할 수 있고, 이는 누구도 시도하지 않은 문학적 시도라는 산물"이라고 칭찬하며 "고산자 김정호의 열정과 천재성" "송강 정철의 문학과 자연이 빚어낸 몰아의 경지"와 비교했다.

제10시집 『아름다운 이나라 역사를 만든 여성들』은 신문기자 냄새가 물씬 풍겨지는 인물 역사 기행 시집이다. 인터넷 신문 '여원뉴스'에 연재했던 「한국여성 시사(詩史)」를 정리해 한 권의 시집으로 묶은 시집으로, 우리나라 여성사에 남아 있는 이름들을 한 명 한 명 호명하여, 다시 현대사의 전면에 내세워, 아직도 피압박계급처럼 되어 있는 이 나라 여성들의 입지를 개선하는 주제로 그려냈다.

7

홍찬선 시인은 시, 소설, 희곡 등 장르를 넘나드는 문학적 월경자(越境者)다. 한 장르에 매달리는 문학 순결주의자가 아니다. 여러 장르를 간통하는 자유분방한 문한자유 신봉자다. 그러나 무계획적 무전략적으로 게릴라처럼 출몰하는 월경자가 아니라 치밀한 전략과 기획을 가진 월경자이다.

이는 오랫동안 동아일보, 한국경제, 머니투데이 등에서 취재기자로 봉직한 경험이 녹아 있는 날카로운 취재력, 일본 도쿄 연수와 중국 베이징 현지 특파기자를 하면서 동양삼국의 고전을 섭렵한 독서력, 그리고 한결같은 문학적 역사주의가 동력이 되고 있는 덕분이다.

몇 년 동안 시 잡지와 문학신문을 만드는 일을 함께 하면서 확인하였다. 현지어 수준의 중국어 일본어 영어 등의 어학력과 취재력으로 언론계에서 맹활약하던 언론인 홍찬선이 이제는 시인 홍찬선으로 확실하게 변신한 모습을 지켜본 것이다.

홍찬선 시인은 재능과 열정에 탐구와 집중을 겸비한 시인이다. 그래서 홍찬선 시인을 한국 현대시는 지금부터라도 주목해야 한다. 2016년 등단 이후 2023년 현재까지 시집 15권, 소설집 한 권, 시조집 한 권, 인문학 저서 두 권(『페치워크 인문학』『임시정부 100년 시대 조국의 기생충은 누구인가』), 경제 저서 한 권(『20대 대통령을 위한 결제학』) 등을 발표한 홍찬선 시인의 결과물들은 누구나 흉내낼 수 있는 일이 아니다.

홍찬선 시인은 서부의 황야를 질주하는 말 같은 시인이다. 그런 홍찬선 시인을 향해 "더!" "더!" "더!" 하는 채찍을 들고 싶은 건 이 무슨 과욕이란 말인가!

『서울특별詩』 1, 2권 CONTENTS

『**서울특별詩 1**』 시전문지 '월간 시' 2020년 8월호(통권 79호)부터 2021년 5월호까지
연재한 100편 수록(스타북스, 2021년 11월 15일 발행, 정가 12,000원.)
『**서울특별詩 2**』 '월간 시' 2021년 6월호(통권 89호)부터 2022년 4월호까지 연재한
100편 수록(스타북스, 2022년 5월 20일, 정가 12,000원)
『**서울특별詩 3**』 '월간 시'에 2022년 6월호(101호)부터 2023년 3월호까지 연재한 100편
수록 (스타북스, 2023년 5월 1일, 정가 15,000원)

서울특별詩 2권 CONTENTS

1부〉

2부〉

seestarbooks 026

홍찬선 제15시집

서울특별詩3

제1쇄 인쇄 2023. 4. 15
제1쇄 발행 2023. 4. 20

지은이 홍찬선
펴낸이 김상철
펴낸곳 스타북스

등록번호 제300-2006-00104호
주소 서울시 종로구 종로 19 르메이에르종로타운 B동 920호
전화 02-735-1312 팩스 02-735-5501
이메일 starbooks22@naver.com

ISBN 979-11-5795-691-3 03810